被陌生
女高中生
囚禁
的漫畫家
2
Kadokawa Fantastic Novels

責任編輯來到了家裡。
雖然狀況好像不至於突然就報警，
但接下來要怎麼辦？

責任編輯的釦子迸開飛出去了。
我只能立刻轉開視線。

我講好了要跟此方約會。
跟突然囚禁我的女高中生出門約會，
是否能平安收場？

沒有鏈條，也沒有束縛。
與沒有「囚禁」我的女高中生的生活由此開始——

被陌生女高中生囚禁的漫畫家 2

穂積潜
原案／插畫
きただりょうま

Kadokawa Fantastic Novels

同居第1天

離夏天正式來臨仍有段日子，要稱作春天卻已經不合時宜，如此的季節。
事情發生在某個晴朗的星期日白天。
「——♪——♪」
哼歌的聲音從廚房傳來。
難以形容的獨特節奏。
聽起來像凱爾特音樂，也像古典音樂，抑或像流行音樂。
儘管聽不出類別，唯獨能聽出對方心情絕佳。
如此開朗快活的聲調。
（我是自由的。我是自由的。我是自由的。）
自己房內。我望著總算開始有熟悉感的天花板，在內心反覆玩味本身動輒就會遺忘的事實。

目前的我跟一個月前不同，已經沒有遭受囚禁。

沒有束縛身體的鏈條。

原本緊閉的雨遮板也敞開了。

所以，我也能曬到足夠的太陽光。

（只要拜託此方，我隨時都可以解開脖子上的這只項圈。）

我用右手碰觸冷硬的項圈。

受陽光照耀的它早就變得像時尚造型的一環，好似象徵我們倆的關係，散發著詭異黯淡的光彩。

「午餐做好了。你還在忙工作？」

此方透過開敞的門口從廚房探出身影。

她的雙手拿著盛了白色碟子的圓形托盤。

「沒，我正在休息所以不要緊——有夏天的情調呢，好菜色。」

「呵呵，中式涼麵開賣了。」

此方對我的感想淺淺一笑，回話語氣像在宣讀蕎麥麵店的告示。

我將作畫中的繪圖平板挪到房間角落，並擺出原本豎在牆際的折疊桌。

之前都是用瓦楞紙箱代替桌子，但我的房間也慢慢備齊正常人用的家當了。

（再整理一次狀況吧。我原本生活作息嚴重失調，還在身體狀況欠佳而病倒的時候被此方救了，便以為她是有意協助我改善起居的笨拙書迷。然而，實際上此方卻是執著於我的跟蹤狂。）

我鋪好此方與自己要用的坐墊，一邊讓思路運作。

日前釐清的震撼性真相。

即使得知了，我依然拿此方沒辦法。

「筷子，妳換了新的啊。」

我驀地察覺到。

那是以往我的作品在改編動畫後所推出的周邊精品。

藍筷子款式仿照了主角的武器劍。

紅筷子款式仿照了女主角的法杖。

印象中，這是成雙成對銷售的夫妻筷。

「這比較好吧？」

「……是啊。」

雖然稱作筷子，終究是周邊精品，從實用性來講屬於好看不好用的貨色。筷子可握的部位花了巧思設計成劍柄，還鑲上寶石裝飾，因此凹凹凸凸的很礙手。尤其我這雙筷子的前端是銳利劍尖與劍身，未免太不協調。

即使如此，我仍使勁把話吞了回去，然後點頭開始用餐。

因為我知道她這是出於善意。

（此方確實令人覺得詭異，而且恐怖。不過托她的福，曾經陷入創作低潮期的我才能再度創作漫畫，這也是事實……）

此方一直在跟蹤我，這樣的真相令人反感。

不過，我也無法否認自己對她懷有與此相當的感謝與愛意。

至少我喜歡她的程度，是會讓我抗拒報警說自己遭受囚禁而使她淪為罪犯。

（不過，項圈還是先請她幫我解開好了。畢竟夏天近了，就隨便找個會悶熱之類的理由。）

我一邊吃著鹹中帶甜的中式涼麵一邊思索。

「欸，此方——」

就在我開口的那一刻。

「說起來，番茄算不算最像肉的蔬菜？」

此方用筷子戳起中式涼麵裡的配料小番茄，並且突兀地嘀咕了一句。

「像肉的蔬菜？最像的不是黃豆嗎？」

「我不是指蛋白質，而是在說番茄給人的印象。比如觸摸的手感，還有會從果肉中噗滋噴出紅色液體的部分就很像人肉。」

此方咀嚼起小番茄。

被她這麼一說，我突然覺得小番茄看起來像人頭。

（果然，項圈還是先保持原狀好了……）

脖子上的這只項圈證明了此方跟我之間有所牽絆。

明明此方曾一度替我解開，是我自己又請她幫忙戴上的。

基本上，那發生在我得知此方是跟蹤狂之前，可是我不敢把自己一度脫口而出的話收回去。

假如我現在說「想解開項圈」，此方應該會認為是自己照顧不周而壞了心情。

那樣的話，我無法否認自己有可能會變得像那顆小番茄。

雖然說此方現在也不會露骨地亮出菜刀威脅我了，但凶器目前仍沉睡於幾步之

隔的廚房。

（總之，我想要能獨自思考的時間……一邊觀望情況避免刺激到此方，一邊慢慢跟她拉開距離，可以的話就請她回自己家。然後，我要重新審視彼此的關係，目標是找出可以讓我們重新來過的環境。）

我如此做出結論。

「謝謝招待。」

吃完中式涼麵的我雙掌合十。

「不客氣。」

此方滿意地望向空了的碟子。

「那麼，我去沖個澡。」

我從坐墊起身並說道。

「現在就要洗？最近你洗澡的時間是不是提早了？才中午而已吧。」

「此方，畢竟妳都只會排在我後面洗澡吧。時間拖得太晚，影響到妳明天的作息也不好。」

此方對規矩有莫名的講究，大概是顧慮到房子由我承租，她堅持不肯排第一個進浴室。

之前此方拒絕上學，但最近又開始回高中念書了。為了讓她維持良好的現狀，我也應該盡可能過規律的生活。

基於漫畫家的職業特性，我總會不由自主地當夜貓族，但自己的生活作息或許會左右一個女高中生的人生，那我當然要認真看待。

「那我幫你洗背。我把餐具洗完就好，等一下下。」

「呃，我自己可以洗。妳做的家事本來就夠多了，我也不好意思再麻煩妳。」

「……是嗎？好吧。」

此方點了頭，然後夾起剩下不多的中式涼麵。

今天她退讓得格外乾脆。

換成平常，她都會強行進浴室，還硬要幫我洗身體。

（這表示此方終於理解相處該有適當的距離感了嗎？）

我懷著如此樂觀的看法，匆匆洗完澡了事。

夏天沖澡果然爽快。

走出浴室，打開收納櫥。

（啊，對喔。家裡只有這種浴巾。）

舒爽的心情一舉消散。

在我的作品裡打扮暴露，改編成動畫的角色圖案就印製於浴巾上。

當然，我對自己畫的角色有感情，但問到想不想用角色浴巾包裹身體就是另一回事了。

想要放鬆的時候，還被迫一直意識到工作上繪製的漫畫，心裡不會好受。

（這麼說來，我記得替換的衣服也是印了角色圖案的T恤……不對，印象中，此方在衣服這方面說過：「你能替換的衣物太少，所以我幫忙補充了一些。」總不可能只有角色周邊吧。）

我擦乾身體，然後打開放內衣褲的置物櫃。

「……」

我當場愣住了。

的確，替換衣物的種類變多了。

第一種跟往常相同，屬於印有角色圖案的痛T。

然後，新增加的類別則是——

（來這套啊……）

印著成串英文字母，還鑲滿了功能不明的鉚釘的七分袖上衣；有天使與七彩獨角獸共舞的童話圖案的襯衫；有厲鬼與惡魔展開廝殺的駭人圖樣的襯衫。

要舉例的話，那就像剛開始意識到打扮的國中生或視覺系樂團會穿的衣服。

要穿痛T，還是穿中二品味的衣服？

極端的二選一突然擺到面前。

（看來，我得趕快去買些普通的衣服……）

稍微煩惱過後，我選了重視材質而穿起來相對舒適的痛T。

衣服穿好，將浴巾掛到肩膀，走出更衣間。

「呼～～清爽多了——欸，妳在做什麼？」

我朝在窗邊站上墊腳臺的此方瞪大眼睛。

「布置房間。要改成與雙人房搭調的樣式才對嘛。」

此方朝我回過頭，滿臉得意地告訴我。

才一轉眼的工夫，我的房間就有了大幅轉變。

地板鋪了印有紅黑色盧恩符文的魔法陣地毯，坐墊則被套上樣似食蟲植物張開口的怪物布套。

牆壁上滿滿掛著好幾幅絲網版畫，圖案都是我過去被改編成動畫的作品角色。甚至連窗簾也變成把我作品裡的男女主角分別印在左右的特殊樣式。

（隨著物品增加，感覺我這房間正逐漸被此方的色彩滲透……）

這一個月以來，我都被此方「關照」，但最近她好像又提升了一個檔次。

明明這裡確實是三次元的現實，圍繞於身邊的卻盡是天馬行空的擺飾，總覺得內心有種踏不著地的虛浮感。

我筆下的漫畫男主角正帶著滿分一百分的開懷笑容望著我。

那種眼神，簡直像在揶揄我目前這種跟女高中生跟蹤狂同居的非現實處境。

同居第2天

「那我出門了。午餐已經放在冰箱。」

此方一邊在玄關門口穿樂福鞋一邊細語。

「噢，謝謝。路上小心。」

我則目送她這樣的背影。

女高中生到高中上學。

說來理所當然，但這是多麼美好的光景。

前陣子我還沒辦法想像這種情境。

此方打開門，從房間裡離去。

門再次關上的前一刻，她微微地舉起右手。

我也跟著舉手回應。

門關上，我為了上鎖而朝玄關門口踏出一步。

喀嚓。

然而，在我朝門板伸出手之前，門鎖便發出聲音被人鎖上。

（奇怪？怎麼會？我可不記得自己有把鑰匙交給她。）

看來家裡鑰匙似乎在不知不覺間被擅自備份了。

哎，此方當然做得出這種事。

事到如今，這種程度的狀況已經嚇不了我。

（總之從現在起，在此方回來以前都是專屬我一個人的時間！）

短暫的解脫感讓我忍不住舉起雙臂。

話雖如此，目前我該做的事情跟此方在家的昨天沒什麼差別。

《被陌生女高中生囚禁的漫畫家》要在WEB雜誌刊載短篇，我非得將內容確實地完成才行。

儘管分鏡數度被退回，這仍是我好不容易才抓到的機會。

我希望用全心全力來面對。

我坐到和室椅上，面向與筆記型電腦相連接的繪圖平板。

一邊參考責任編輯在分鏡內寫下的指教，一邊到處修改。

話雖如此，修改過程不會全然順利。

既然有下筆順手的時候，也會有忽然就卡關的時候。

當我左思右想為主角的臺詞煩惱時，霎時間，電腦畫面轉暗。

螢幕保護程式啟動了。

「唔哇！」

受驚嚇的身體起了反應，我忍不住怪叫出聲。

畫面上突然顯示了此方的自拍照。

伴隨「工作加油喔」的鼓勵字句，那張照片還用了可愛的特效做裝飾。

原本我應該是用系統預設的螢幕保護程式，卻在不知不覺中被換掉了。

哎，也罷。這我可以退一百步容忍。

但是——

（為什麼是穿內衣自拍啊！假如警方進門搜查，照常理想會被當成兒童情色而觸法嘛！）

我急忙把螢幕保護程式的顯示圖片改回預設狀態，並刪掉此方的自拍照。

我再次面向繪圖平板。

……

……

（不行，此方穿內衣的模樣烙在腦海裡揮之不去。休息一下吧。）

我拿了坐墊當枕頭，仰身躺下，還翻來覆去調整姿勢——可是……

（一、一點也不自在。）

在視野邊緣總會瞥見我筆下的角色。

懷有堅定意志，推動著故事劇情的男女主角；再不然就是反派角色。

目前我過的生活是否有負他們或她們的為人之道？

我不禁冒出如此自責的念頭。

為了逃避故事主要角色們的閃亮眼神，我改用俯臥的姿勢。

視野頓時被紅通通的嘴巴占滿。

這樣的話，我簡直像是被食蟲植物捕獲的食物。

搭配地毯上的魔法陣，心境宛如成為要獻祭給惡魔的活貢品。

（沒想到家具的造型也滿重要的……）

我屬於對時尚或居家擺設無所謂的人，即使那些多少被此方換掉了，之前我仍覺得應該沒有實質的害處而等閒視之。不過，是我錯了。

看來生活中圍繞著不合喜好的物品，似乎會跟緩效性毒素一樣慢慢地對ＭＰ造成消耗。

（對了，出門轉換心情吧。又沒有非得在家裡工作的規定！）

我解除電腦與繪圖平板的連接，收進後背包。

接著我順勢走向玄關——忽地止步了。

那真的是在無意識間的行動，連我都不懂自己為什麼會停住。

（難不成，我對出門感到抗拒？那段被囚禁的生活對我來說有那麼好嗎？）

我想到這裡就一陣愕然。

（呼～～先歇口氣吧。啊，對了，要是不吃此方幫我做的午餐，就太過意不去了。）

我如此轉念。

打開冰箱，裡面有盛在盤子上，用保鮮膜包好的飯糰與煎蛋。

而盤子旁邊有撕下的紙條，上頭寫了圓圓的字體。

『吃完以後先將盤子泡到水裡。還有，要出門就把這只墜子掛到項圈上，它會保護你。』

（護身符？啊，我懂了……戴著項圈出門的話，看在旁人眼裡確實很奇怪。）

冰得冷透透的墜子是一塊直徑約５ｃｍ的金屬圓盤，彷彿將黑白雙色的勾玉組合在一起，設計像陰陽道會有的飾品。

原來如此。雖然說這原本是用來囚禁我的項圈，但只要掛上它，勉強還能當成追求時尚的小飾品看待。

（居然把心意寄託在護身符，她也有符合年紀而意外可愛的地方呢。不過，她有這份心意固然令人感激，但是要體貼的話，我倒希望她能將項圈鑰匙留下……）

我一面想著這些一面迅速吃完餐點，然後把盤子泡到水裡。

接著，我按照此方的吩咐，將護身符掛上項圈。

很不可思議的是，我的心情就此鎮定，出門便順暢無阻了。

先到離家最近的連鎖咖啡廳。

雖然滿能夠專注，但長時間在同一處久坐也對店家過意不去，因此我大約忙一～兩小時就轉換地點。

我像這樣重複換地方，結果跑了四間咖啡廳。

離開最後那間店家時，已經是太陽即將下山的時段。

其實我還想去買衣服，不過拖太晚或許會讓此方擔心。

如此思量後，我急著趕回家。

衝上樓梯，打開門。

「啊，你回來了。工作狀況怎麼樣？」

此方已經回到家。

她穿了圍裙在廚房切著蔬菜。

「不錯啊，進度挺順利。」

我卸下裝了繪圖平板的背包，邊脫鞋邊答話。

「是嗎？太好了。那麼，今天晚餐會準備得少一點，吃雞柳沙拉配湯。」

「咦？嗯，好啊。我的確不太餓，這樣幫了大忙，不過妳怎麼曉得的？」

被此方猜中肚子有多飽，使我繃緊身體。

「畢竟照你的性格來想，進咖啡廳以後只點一杯咖啡不敢待太久吧？你會替店家著想，再配個蛋糕之類啊。像這樣換了四間店，肚子不就滿飽的嗎？」

思路如名偵探般有條有理的說詞。

「咦？咦？咦？為什麼妳會知道我跑了好幾間咖啡廳？」

背脊一陣發冷。

我曾經粗心得用自己的生日當戶頭密碼，後來覺得這樣實在不妙，就把諸般密碼都換掉了。

那時候，我應該也把被擅自安裝到手機的追蹤ＡＰＰ卸載了。

「？既然你戴著護身符，這是理所當然吧？手機的好像都不太靈光，幸好我事先為保險起見做了準備。」

「這、這樣啊。有備無患嘛。」

我瞬間理解狀況，並且隨口附和。

（便條上所寫的「它會保護你」，原來是這個意思嗎！這只墜子竟然裝有ＧＰＳ！）

我緊緊握住墜子。

原本以為是來自神祕學層面的保護，結果根本是仰賴科學力量的「護身符」。

（果然，此方並不是普通女高中生。她對於追蹤我的下落毫不手軟……）

這個晚上讓我重新體認到了她有多異常。

明明是夏天，我卻覺得身體逐漸發冷。

同居第3天

午後。

我在自己房裡默默埋首工作。

依舊異常的家中擺設令人介意，話雖這麼說，想到自己被此方用GPS監視，我也提不起勁特地到外頭工作。

叮咚——門鈴聲響起。

（此方嗎——離她到家的時間還早，是她的話也不會按門鈴。誰啊？）

「來了。請問是哪位？」

我透過對講機詢問。

『這裡是高橋電機，我們來安裝您訂購的空調。』

「啊，對喔！是今天要裝機！——請進。」

我想起自己曾在網路下單，便趕緊前往玄關打開門鎖。

請兩人一組的男技師進家裡以後，我忽然回神。

（唔哇！要讓他們看這個羞恥的房間嗎？）

心理上有點抗拒。

不過，對方到底是專業人員。我覺得他們內心也不敢領教，不過他們並沒有表現在臉上，淡然完成工作後就回去了。

感覺我家擺設之後會被對方當成閒聊的話題，不過這也無可奈何。

（總之，空調已經送來這一點還是讓人高興。）

我開了空調順道試機，然後一邊舒適地吹著涼風一邊作畫。

大概是心理作用，空調那種又白又死板的長方體造型甚至讓我覺得房間裡的混沌氣息獲得了中和。

畢竟天氣快要熱起來了，不靠空調想撐過日本現代的夏天實在難熬。

之前我都是隨手打開窗戶應付，但這樣便安心了。

我一個人也就罷了，既然還有此方在家，基於安全問題，我也會希望避免敞開窗戶睡覺。

「——所以，家裡有空調嘍。」

我一邊朝此方幫忙做的晚餐——涼拌涮豬肉動起筷子，一邊這麼向她報告。

「是嗎？很好啊。這樣你就不用去咖啡廳了。」

此方咀嚼著萵苣說道。

呃，我會遠征咖啡廳倒不是為了冷氣。

雖然特地挑這種語病也沒什麼意思啦。

「總之托空調的福，工作起來確實變方便了——啊，對了，此方，從今天起妳就別睡在廚房了，改到房裡睡如何？」

要說這間房子破舊嘛——倒不至於，但是隔熱性實在不怎麼好。

往後的季節要在廚房起居應該會很難受。

「……哦～你就這麼想跟我在同一個房間睡啊。這樣啊～～」

此方擱下筷子，露出賊賊的笑容望著我。

「沒、沒有，我不是那個意思，像中暑之類的狀況也讓人擔心啊，況且開著房門開空調的話，感覺又浪費電。」

的確，或許我剛才的發言招來誤解也怨不得人。

不過照常理想，從前後文還是可以理解的吧！

「好好好，你不必勉強解釋。就當成是為漫畫取材吧。由ＪＫ提供舒療服務之類的題材，之前有流行過。」

此方瞇起眼睛，嘴角朝下，擺出一副「我懂」的表情。

這有點惹惱了我。

「欸，就算是取材，我也覺得那樣不好。應該說，目前又沒畫到那種場景。」

「ＯＫＯＫ，就當成是那樣——我去洗澡嘍。」

此方打發掉我所說的話，然後把吃完涼拌涮豬肉的盤子收到廚房。

（在這種時候說「我去洗澡嘍」，聽了會引人遐思吧！）

再被此方抓小辮子也很困擾，因此我在內心吶喊。

不久，洗完澡的此方穿著一身睡衣回來了。她在折疊桌上攤開教科書，開始致力於學校的功課。

另一方面，我也背向此方，默默地面對著漫畫。

儘管兩個人之間都沒有對話，卻能感受到氣氛有幾分浮躁。

時間轉眼即逝，已經來到晚上十點半。

「——呃，那麼，差不多可以睡覺了吧。」

我擱下筆說道。

「我也正好預習到一個段落。」

此方闔上教科書。

我們匆匆準備就寢。

我把盥洗室讓給此方，自己則在廚房刷牙了事。

（為了避免出亂子，我有必要先明確表示自己的意志。）

我回到房間，將折好的被子攤開。接著，我把用來代替桌子的瓦楞紙箱擺在旁邊當成分界線。至於繪圖平板——如果從瓦楞紙箱上掉下來砸到臉就危險了，所以先拿開吧。

「……你把瓦楞紙箱放這裡會不會礙事？要靠到牆際嗎？」

此方抱著她的被褥走進房間說道。

之前她都用睡袋，現在跟我一樣是用薄被褥。不必說，被套跟床單上面印著我作品裡的角色。

「因為有時半夜會忽然有靈感，身邊有工作桌要寫下來就很方便。」

我如此撒謊。

「哦～～」

此方用含糊的語氣說道並點頭，讓人搞不懂是服氣或者不服。

隔著瓦楞紙箱，此方在另一邊鋪好被褥。

我也跟著鑽進被窩。

明知道早點睡比較好，但我就是會忍不住摸手機。

當我瀏覽新聞ＡＰＰ時，目光驀地停在一則令人在意的報導上。

「……有漫畫家因為與未成年人偷嘗禁果而遭逮捕啊。犯人似乎堅稱是兩情相悅，但那種說詞在社會上果然不管用。同樣身為創作者，我得小心才行啊——」

我幾近自言自語地嘀咕。

這是為了引以為戒。而且，也是為了牽制此方。

「年齡呢？」

此方感興趣地提問。

「年齡？」

「我在問被害者的年齡。」

「咦？中學一年級——報導有寫到被害者當時十二歲。」

我確認了手機然後回答。

「即使加害者的說詞不假，染指未滿十三歲的人無疑是觸法行為，十三歲以上的話就會視情況而定。」

此方流暢地接話。

「妳還說視情況而定……不不不，就算被害者是十三歲以上，亂碰未成年人也照樣不行吧？」

我冒出乾笑聲。

居然說未成年人只要滿十三歲就可以做色色的事，這又不是情色漫畫裡的世界觀。

「從法律層面而言，與十三歲以上的人性交若要以刑法中的強制性交或強制猥褻等法條入罪，就必須證明被害者曾受到暴行或脅迫。」

此方用嚴肅的語氣繼續講解。

「是、是這樣嗎？咦，可是我記得，之前不是有漫畫家與高中生援交，遭警方逮捕嗎？」

那位漫畫家相當有名氣，而我也是書迷，因此我記得當時有大受打擊。

「那是因為有牽扯到金錢。牽扯到金錢的話，就適用於兒童買春罪。換句話說呢，只要是沒牽扯到金錢的純愛關係，就算跟高中生做那種事也沒問題。」

「……不過，兒童情色是會觸法的吧？此方，妳擅自把我的螢幕保護程式改成了內衣照對不對？那樣會不會不太妥當？」

「那可是常規下網購買得到的泳裝耶。假如女高中生穿泳裝的模樣並不合法，刊登寫真的少年雜誌就全部觸法了喔。你有聽過ＭＡＧ〇ＺＩＮＥ或ＳＵＮＤ〇Ｙ發行者被捕的消息嗎？」

此方有點傻眼似的告訴我。

咦？原來那張照片上的此方穿的是泳裝嗎？我已經把圖刪掉了，所以也無從確認，不過仔細想想，比基尼與內衣褲的暴露範圍差別並不大。

但內衣褲會觸法，泳裝就可以過關嗎？呃，內衣褲布料夠多的話也能過關嗎？

總覺得我開始搞不懂了。

「不過妳想嘛，除了法律還有條例——」

「條例在都道府縣各有差異，所以我沒辦法斷言什麼，不過男女方認真交往的情況大多都可以過關。順帶一提，這裡的條例算是管得比較寬鬆的。基本上，假如跟高中生發生關係會觸犯法律，然而女性的法定結婚年齡是十六歲，那不就互相矛盾了嗎？」

此方打斷我，如此說道。

「呃，不過，妳說的那個年齡，我記得在不久的將來會修改成十八歲吧。那就表示高中生要結婚或做那種事還是有不妥之處，法律才會改正，難道不是嗎？」

我靠模稜兩可的記憶做出反駁。

「反倒該說剛好相反。以往未滿二十歲的婚姻需要經父母同意，如今成人年齡變成十八歲以後，只要滿十八歲就可以憑當事人意願結婚。有鑑於少年法罰則正走向嚴格化，法律上認同意思能力的年齡也有下修傾向。」

於是，我瞬間被駁倒了。

「此、此方，為什麼妳對這方面的法律會知道得這麼詳細？」

我無法再繼續回嘴，就提出了這種腦袋不靈光的問題。

「……因為我有進修過。」

此方把手伸向擺在枕邊的書包。

從中拿出來的是六法全書口袋本，以及各種有關法律的書籍。

封底有貼條碼，可見那應該是從圖書館借來的。

這麼說來，此方就讀於學生資質聰穎的女校。

她要進修這點學問應該是游刃有餘。

「妳對於自己想接觸的知識沒有隨便用網路搜尋了事，還肯確實看書研究，很了不起。不過，即使法律允許，有滿多事情在社會上還是無法被容忍啊——」

我不服輸地嘀咕。

到現在，我依然認為跟女高中生有那種關係是不應該的。

絕對是我的道德觀比較正確。

正確的理應是我，我卻沒有足夠的知識可以反駁。

真不甘心。

「……再兩年。」

此方喃喃說出若有深意的臺詞，然後起身關燈。

那一瞬間，我隱約聞到她頭髮的香味，印象格外深刻。

同居第4天

於是，又過了一天。

我重複著跟昨天似曾相識的互動，一轉眼就到了就寢時刻。當然，將我與此方區隔開的瓦楞紙箱今天依舊健在。

「夏天是容易中暑的季節，因此睡前要好好攝取水分才可以。」

此方從廚房走來，嘴裡還特意倡導起有如公家機關的宣傳口號。

而在她手上有注滿水的杯子。

「妳會不會裝得太滿了一點？」

我盤腿坐在被褥上，對於靠表面張力才勉強沒有流出來的那杯水抱持警戒。

未免太可疑了。她到底想做什麼？

當我定睛觀察時，此方就在用來分界的瓦楞紙箱前停下腳步。

「啊，我手滑了。」

此方用平板的語氣說道，還面無表情地拿杯子往瓦楞紙箱上面倒。

水嘩啦啦啦啦地潑濺在紙箱表面。

被打溼的瓦楞紙眨眼間染成灰色。

「欸，妳怎麼……咦？」

事發突然，我只能冒出困惑的聲音。

「誰教我很笨拙。」

此方帶著彷彿大功告成的滿意表情向我如此表白。之後，她還舉著杯子上下猛晃，連最後一滴水都要添在瓦楞紙箱上。

「呃，笨拙是沒辦法啦，但妳剛才那樣做實在太不自然了吧。」

「……垃圾要處理掉才可以。」

此方無視我的吐槽，把杯子擱在地上，然後用手戳進瓦楞紙濕掉變脆弱的地方。接著，她直接動手撕起瓦楞紙箱。轉眼間，瓦楞紙箱就回天乏術，淪為單純的紙片了。那手法宛如在報父母的血仇，使我無意再多說什麼。

「算、算啦，一直用瓦楞紙箱代替桌子也不太好，乾脆買新的吧——反正在工作桌送來以前，我用折疊桌就好。」

我把視線從此方面前轉開，然後用手機開啟網路購物的網站。接著，我點了跟搬家之前用的同款的工作桌。

瓦楞紙箱用慣以後也沒有什麼不便，但要說寒酸是很寒酸，就當成汰舊換新的好機會吧。

「……我認為睡覺時把那張折疊桌放在附近不好。」

「為什麼？」

「它的邊角尖銳，而且很硬。身體在睡覺時無意識撞到的話會很危險。」

「呃，可是，做筆記沒有桌子就傷腦筋了。」

「真的嗎？即使要做筆記，我也只看過你在地上用手機，或者拿紙本素描簿記錄靈感耶。」

此方指了我的枕邊。

的確，簡單做個筆記還要特地起床的話很麻煩。想到劇情大綱時，我都躺著用手機的記事本APP，如果是角色造型就拿素描簿畫草稿。

創作欲真的在半夜靈思泉湧，讓我爬起來面對桌子用繪圖平板的狀況也不是沒有，但終究屬於稀奇案例。

「算、算啦，總之先把地方清空，不方便的話再擺回來也是可以。」

我想不到合理的藉口可以擺東西跟此方劃清界線，不由得就妥協了。

「那就好。」

此方連連點頭。

「咳。那我們該睡了吧。畢竟創作與上學都跟跑馬拉松類似，需要長期抗戰，也得重視生活作息。」

我咳了一聲清嗓，講完煞有介事的道理後就站起身準備關燈。

「對呀。」

此方點頭並躺進被窩。

我也在關燈以後鑽到被窩裡。

（冷靜點，頂多就瓦楞紙箱沒了而已。跟昨天相比，此方和我打地鋪的距離並沒有任何改變吧。）

我如此告訴自己，並且閉上眼睛。

…………

啪沙。

……

滾滾滾滾滾滾滾。

……

啪沙。

即使閉著眼睛也能感覺到的壓迫感就在附近。

然而，我假裝沒發現，還將眼睛閉得更緊。

心境猶如驚悚片的男主角。

戳。

戳戳。

戳戳戳。

臉頰與額頭感受到刺激。

即使如此，我仍繼續忍耐。

撓癢。

撓撓撓撓撓。

「噗呵，噗呵呵……妳這是什麼意思？」

腳被搔癢終究讓我忍不住而睜開眼睛。

在我旁邊，近得似乎能聽見呼吸聲的距離，此方橫躺在那裡。

即使於黑暗中也能看出她那雙眼睛冒著血絲。

老實說，有點恐怖。

「誰教我很笨拙，所以睡相不好。」

此方用缺乏抑揚頓挫的嗓音嘀咕。

這個女孩是不是認為只要說自己笨拙，任何事都可以被容忍？

「此方，可是妳之前睡在比這裡更狹窄的廚房，我都沒聽到半點聲音耶。」

睡在連翻身空間都沒有的廚房，要是睡相像剛才那麼差，感覺會到處撞來撞去，弄得全身上下都是瘀青。

然而，我曾見識過此方睡覺的模樣，她的睡姿就像德古拉躺棺一樣姿勢端正。

「……因為是夏天，我一熱就忍不住把棉被掀掉了。」

她好像突然換了理由。

「要我把空調溫度調低嗎？」

「那樣對環境不好。我自己調節吧。」

此方這麼說完，就動手解開睡衣的釦子。

我從她面前轉開視線，並且再次閉眼。

（要冷靜。我要冷靜下來，引誘得這麼露骨還上鉤像什麼話。難道我要縱情於一時的慾望，糟蹋掉好不容易才抓到的機會嗎！）

我咬緊牙關。

感覺差一小步就可以爭取到上紙本雜誌連載。

照理說，只要回想起分鏡一再被打回票，這點程度的忍耐算個屁。

戳戳戳戳。

撓撓撓撓。

揉揉揉揉揉揉揉。

包羅萬象的觸感朝著我的身體來襲。

（現在是修行的場面。對我這個漫畫家來說是必要的訓練過程！）

我拚命告訴自己。

在荒野忍受惡魔誘惑的基督肯定也是這種心境。

後來此方又對我全身上下騷擾了一陣子，但次數慢慢在減少，乃至歸零。

「呼嚕……呼嚕……」

最後便有靜靜的鼾聲傳來。

再隔一陣子以後，我悄悄睜開眼睛。

「嗯呵！」

此方發出無法分辨是說夢話或咳嗽的聲音。

（像現在這樣，她看起來就只是個天使般的美少女……）

純真無邪地入夢的此方美得令人說不出話。

與其用那些怪招勾引，現在的她感覺更容易讓我產生歪念頭。

（但是，我可不會認輸。假如我當不了漫畫家，最難過的會是此方吧。）

我悄悄地挪動身體，把自己的被褥讓給此方。接著，我捻手捻腳地移動位置，換到了此方原本用的被窩鑽進去。

（再這樣下去，難保不會擦槍走火，得想辦法說服此方，讓她答應分居……）

我如此打定主意。

雖然說這樣比兩個人同床共枕像樣，但被褥傳來此方的香味，讓我輾轉反側地窩了好一段時間。

同居第5天

早晨。在我起床的時候，此方已經出門上學了。

傍晚此方到家以後，連一句「我回來了」都沒有，只是默默地下廚做飯。

「給你。」

她淡然說完，就用近似砸東西的手勁把飯碗擺上折疊桌。

白米飯上頭盛著高麗菜絲與荷包蛋，再淋個醬料而已的荷包蛋蓋飯。

「噢。我、我開動了。」

當然，味道並不壞，我處於讓對方幫忙做飯的立場也不敢有怨言，但是以健康成年男性的晚餐來說，是有那麼一點不滿足。

最近此方都在挑戰滿費工的菜色，這頓飯就顯得格外樸素了。

（今天早餐也是許久不見的優格配營養劑聯手出擊，莫非她心情不好？）

我回憶起先前的囚禁生活，便冒出這種想法。

這樣的話，今天提出取消同居的要求大概會讓情勢惡化吧。
如此判斷以後，我默默地動筷吃飯。
「……」
「……」
彼此都不發一語。
要是此方能主動說些什麼就謝天謝地了，不過看來似乎無法期待。
「我、我說啊。」
我承受不住沉默，便下定決心開口。
「怎樣？」
此方瞪著我回話。
「我覺得，人與人之間相處，拿捏分寸果然還是很重要的。」
「什麼意思？」
她蹙起眉，然後微微偏頭。
「呃，就算是自己熱愛的漫畫，讀了幾十遍也難免會膩的嘛。」
「啥？我讀你的漫畫可是無論幾遍都不會膩耶。」

此方近乎發飆地回嘴。

她能這麼喜愛我的作品固然令人欣慰，卻也有點恐怖。

「……是我舉的例子不恰當。像我喜歡吃炸雞，但就算這樣也不會希望天天都吃。偶爾突然想吃，就卯起來大啖到火燒心才爽快。對我來說，炸雞就是這種偏好的食物。妳懂我想表達的意思嗎？」

「我或許並不是不能理解。」

「簡單說呢，就算喜歡，一直持續的話就會失去新鮮感。我忽然想到，自己跟妳之間的關係，說不定也有像這樣的心理存在。」

「原來如此……難怪。」

此方稍作思索似的目光落在攪爛的蛋黃上，不久便像是心服地點了頭。

（咦？照這樣看來，想說服她會不會意外順利啊？）

雖然我不清楚「難怪」是什麼意思，但現在就順著話鋒適當地表態吧。

「是啊，所以說，為了彼此著想，我覺得試著在這陣子停止同居，刻意拉開物理上的距離，會不會也是個不錯的做法呢？」

我擱下筷子，交抱雙臂，並且緩緩地深深點頭。

「不過，誰來照料你的生活？你沒有我就不行吧。」

此方用斷定的語氣說道，還對我投以像在看待幼兒首度出門跑腿的視線。

「呃，好歹我之前都是一個人生活耶。況且妳剛開始上學，太多時間都被我占用的話，我心裡也會過意不去。假如妳擔心我生活頹廢，麻煩偶爾來幫我做個晚餐，順便探視我的近況。」

我委婉地好言相勸。

我並不是想跟此方完全切斷緣分，只是希望能保有適切的距離感。

「……那或許也是個辦法。畢竟今天早上的電視占卜也說過：『摩羯座若是一頭熱就會把事情搞砸。』」

「好。那就說定嘍。」

「我明白了。要帶回家的東西與不會帶走的東西，我希望能分清楚，等明天從學校回來以後，我就會收拾行李。」

此方這麼說完，便規矩地動筷將米飯送進口中。

「噢，麻煩妳了。」

我帶著笑容點頭，然後大口扒起荷包蛋蓋飯。

最近幾天當中，就屬這天讓我睡得最安穩。

同居第6天

傍晚。

我家玄關門口。

「那我走了。」

此方揹起波士頓包說道。

「嗯，路上小心。」

我目送她的背影。

沒想到此方居然會走得這麼爽快。

事情太順利，甚至讓人有點掃興。

果然，即使沒指望也該交涉看看。

「就算嫌麻煩，你還是要吃蔬菜喔。隨手拿整顆番茄來啃也好。」

此方回頭瞥向我這邊提醒。

「好，我會注意。此方，妳也要趁天黑前回家喔。」

我聽了此方如母親般的忠告，坦然點點頭答話。

「嗯……再見嘍。」

此方朝門口踏出一步。

就在此刻——

叮咚～

門鈴聲響了。

此方頓時停下動作。

「誰啊？之前訂購的工作桌——已經在昨天快速收件了嘛。」

我如此感到納悶，還是趕去房裡的對講機應門。

「你好。」

『老師，您辛苦了。我是遙華。』

從對講機傳來的是一道耳熟、理性且冷靜的嗓音。

「遙華小姐？咦？我們是預定六點半——三十分鐘後用視訊研討作品吧？」

我有點慌亂地問對方。

田中遙華小姐，我的責任編輯。

一般不會用名字稱呼責任編輯，然而在同一個編輯部還有其他人也姓田中，大家怕混淆就養成了叫名字的習慣。

『是的。不過，因為上一件工作提早結束了，我想乾脆就跟老師久違地直接見個面討論。反正按照老師認真的個性，從三十分鐘前就會在電腦前待命吧。』

遙華小姐彷彿看透了我的心態說道。

確實如遙華小姐所說，我原本預定送此方出門以後，要在電腦前一面待命一面尋思自己研討作品時該講的內容。

（不過，現在讓此方出門的話，她會跟遙華小姐碰個正著吧。）

被責任編輯看見有女高中生從我房間走出去，難保不會讓狀況變得複雜。

我得設法蒙混過去。

「啊，好的，那個，時間本身並沒有問題，但是因為房間裡有點凌亂，我不好意思讓客人進來。對不起，能不能給我時間收拾東西？」

『這樣嗎？單純是我擅自提早過來，請老師不用放在心上。我會到附近隨便消磨時間，等老師準備好以後，看是要用電話或社群軟體聯絡都請隨意。』

遙華小姐的聲音中斷了。

呼。這樣接下來只要讓此方回去就好。

「抱歉抱歉，上門的是責任編輯。她想跟我研討作品。」

我回到此方身邊，如此說明。

「——是嗎？對方聲音聽起來滿年輕的，那女的幾歲？」

此方依然背對我問道。

「咦？遙華小姐的年齡？沒聽她提過耶。不過，她是在應屆畢業以後成為我的責任編輯，之後就一直來往到現在，我想大概是二十過半吧。」

我稍作思考才回答。

「……我突然覺得肚子痛。」

「咦？真的假的？妳還好吧？」

「沒事——我要用洗手間。」

此方這麼宣言後就脫掉鞋子，再次走進屋裡。

然後她直接往洗手間走去。

哎，都說「人有三急」嘛。

生理現象是在所難免。

如此心想的我就等此方上完洗手間。然而過了十分鐘、二十分鐘，還是等不到她出來的那一刻。

（原本約好的時間就快到了，總不能讓遙華小姐繼續等下去……）

「此方，我必須跟編輯研討作品，所以會讓遙華小姐進屋裡喔。還有，不好意思，等妳從洗手間出來以後，能不能盡可能低調地離開房間？呃，要是讓遙華小姐產生奇怪的誤解也沒意思嘛。我會先找理由解釋，說是之前有朋友來。」

「……」

我這麼喚道，洗手間卻沒有傳來回應。

此方大概是身體相當不舒服吧。

雖然我覺得沒有吃到什麼會引起食物中毒的菜色。

擔心歸擔心，工作還是要顧。

我聯絡遙華小姐，表示自己已經準備好了。

趁早先將房門打開，等遙華小姐來。

不久就看見她的身影。

遙華小姐的外表與她那純和風的名字有幾分落差。

她是一名銀髮混血兒，以女性而言個子偏高。

我將快步來到的她迎進家裡。

「打擾了。」

遙華小姐脫掉皮鞋，併攏擺齊。

漫畫編輯即使身為公司員工，有很多人仍會穿便服上班，但遙華小姐總是一身筆挺整齊的套裝。

「不會不會，家裡地方窄，不好意思。」

「我認為像這樣的住所既踏實又穩健喔。聽說往年有漫畫家稍微走紅就興沖沖地在鎌倉蓋房子，那種行事方式都會於日後給自己造成困擾，不過近年的漫畫家倒是以腳踏實地的人居多。畢竟最近連請助手都是以遠端協作為主流，就不用特地租借工作室了。」

「說得是。啊，請坐。我這就去端麥茶過來。」

我請遙華小姐在坐墊坐下，並用杯子裝了麥茶給她。

「謝謝——所以，狀況怎麼樣呢，原稿的進度？」

遙華小姐端坐於坐墊上，喝了一小口麥茶以後就直截了當地進入正題。

「我認為還不錯。雖然才畫到中途，能不能請妳幫忙看看？」

我指了繪圖平板，然後將和室椅稍微往旁邊挪開。

「好的，請容我拜讀。」

遙華小姐保持端坐的姿勢，舉止得體有禮地來到我旁邊——也就是繪圖平板的正面。

平常面對面討論時都是對坐於兩側，讓她來旁邊會感到緊張呢。

「……」

遙華小姐以不快也不慢的規律速度逐頁閱讀。

「……」

我將嘴巴閉成一線，懷著考生靜候榜單出爐般的心境等對方說話。

可以感覺到背脊自然而然地挺直。

「哦～～這就是責任編輯。」

結果先開口的人既不是我也不是遙華小姐，而是第三名人物。

「此方！」

我嚇得回過頭。

之前完全沒有察覺到。

應該說，聽不見腳步聲也就罷了，連洗手間的沖水聲都沒有是怎麼回事？

「我可沒聽說是這麼漂亮的美女。」

此方把頭鑽到我跟遙華小姐的肩膀之間，並且悍然瞪向我。

那一點我當然不會提到啊。

基本上，對於責任編輯的容貌或年齡，我都不太會介意。

無論對方較年長或年幼，無論性別是男是女，責任編輯就是責任編輯。不管那個人是否面容姣好，得不到對方認可就沒辦法連載漫畫，這是無從改變的事實。

「老師——這個女孩，該不會……」

遙華小姐難得臉色驟變，受了驚嚇似的睜大眼睛。

「是、是的……她就是《被陌生女高中生囚禁的漫畫家》故事裡頭的女主角範本。對不起……」

我用手指按著太陽穴，乖乖地招認了。

基本上，那並不是為了讓遙華小姐看所創作的漫畫，而是想給此方看才畫了那篇漫畫。

人物造型無調整也未修改，完全就是照此方畫出來的。我再怎麼託詞也沒辦法開脫。

「就是這麼回事。」

此方滿臉得意地肯定我所說的話。

在這種情況還能自豪地答腔？

「唉，老師，您對於法令遵循一詞是否了解？」

遙華小姐嘆道。

「我並沒有做會觸犯法律的事，我發誓。」

我正色斷言。

我沒有做過虧心事。

即使被扭送警方查辦，既然我們沒做過那一類的事，我就是無罪的——大概。

「相信自己負責接洽的作家是身為編輯的基本，不過預先設想最壞的情況並採取行動，亦屬我分內的工作……畢竟業界裡偶爾也會傳出待人誠懇的漫畫家誤入歧途，從而涉及性犯罪的案例……」

遙華小姐用尷尬似的口吻說道。

「哎，妳說得是。對不起。」

我也覺得怪不好意思，因而低頭賠罪。

「『即使我們進展到那一步，跟編輯又有什麼關係？』替我這麼告訴她。」

此方在我耳邊說起悄悄話。

欸，妳有話直接講啦——我曾這麼心想，但是此方個性怕生。

即使面對的是我，此方在彼此混熟前也相當寡言。

「『有關係喔。作家要是變成性罪犯，新連載就泡湯了，連過去的作品都會絕版。那樣的話，問題就得由我負責任。』請老師如此替我轉達。」

遙華小姐將視線轉回繪圖平板，一邊驗收我的漫畫一邊應聲。

根本用不著我代為轉達。

既然距離這麼近，跟我咬耳朵也照樣聽得見嘛。

「『只要是誠心交往，即使高中生跟成年男性發生肉體關係也不會有問題。』你幫我這麼告訴她。」

「『此方，我想那在法律上正確無誤，然而判斷誠心與否的並不是妳，而是妳的監護人喔。』請替我如此轉達。老師，您知會過對方家長了嗎？你們是以結婚為前提在交往？有沒有提親？」

「呃，提親當然不用說，我連此方的監護人都沒見過。」

「那麼，老師有可能在她家長的一念之間就淪為性罪犯呢。」

遙華小姐的冷靜語氣讓我面無血色。

「咦，此方，是這樣嗎？」

我看向此方。

「……」

她立刻轉開視線。

真的假的？果然還是不行嘛！幸好我相信自己的道德觀。

「唉，總之，直接來跟老師見面是猜對了。我就在想事情會不會是這樣。」

「咦？遙華小姐，妳之前就發現了嗎？」

「畢竟老師最近似乎消沉過一陣子。用視訊軟體互動時，不是可以從網路攝影機瞥見房間裡的景象嗎？由於室內擺設顯然不像老師的品味，我才推測出是受了他人影響。」

「好、好厲害的洞察力。」

我佩服地說道。

「會嗎？漫畫家當中有許多不諳世事又純真的人，因此被奇怪的宗教哄騙，或者被壞女人拐走而下場悽慘的狀況都很常見，我一直在擔心。不過老師家裡有個女高中生實在是出乎意料就是了。」

「見、見笑了。」

我搔搔頭。

「呃，老師，為保險起見，請容我做個確認，您總不會真的像這篇漫畫一樣，曾經遭受囚禁吧？她終究只是登場角色的範本，對不對？」

遙華小姐用狐疑的視線交互看向我與此方。

「哈、哈哈哈。妳又在說笑了。有一部分內容固然是參考了實際發生過的事，但我並沒有被囚禁啦。我會跟此方認識，是因為之前我病倒在房門時，碰巧被她發現，受到了她的照顧，現在我是僱用她來當幫忙做飯打掃的家庭幫傭。」

我立刻編了謊話。

要是說出真相，個性正直的遙華小姐應該會毫不猶豫地報警抓此方吧。

那樣的話，此方或許就會淪為罪犯。

「哎，我想也是。未受過特殊軍事訓練，而且力氣綿薄的普通女高中生要長期囚禁成年男性，這樣的情節畫成漫畫還可以當成虛構故事讓人接受，發生在現實就太過牽強了。」

遙華小姐心服似的點頭。

「……說得對。」

原來我算不上成年男性？

「哎，題外話先說到這裡，WEB版原稿的截稿日近在下週一，讓我們談正事吧。關於那位幫傭的事容後再談，麻煩老師今天先請她離開。」

「說、說得也對。那、那麼此方，再見嘍。」

我站起身，並且推此方的肩膀想送她到房間外——可是，她的身體卻像石雕一樣都不動。

「……『我有權利待在這裡。』替我這麼告訴她。」

「此方，我知道妳不習慣跟初次見面的人交談，但有話還是好好講吧。畢竟這樣對遙華小姐不禮貌。」

我到底還是如此苦勸了。

「……因為，我也有肖像權。」

此方重新面對遙華小姐，用幾乎聽不見的音量細語。

「肖像權？」

「被亂畫的話，也會對我造成困擾。」

「嗯。哎，未嘗沒有道理。這部作品熱銷走紅的話，此方就得擔負風險，被讀者當成跟蹤漫畫家還因禁對方的狂人——既然如此，就改換角色造型……也行不通。畢竟這個造型畫得絕妙呢。老師，您真的找到了不錯的範本。」

遙華小姐煩惱似的交抱雙臂說道。

換成一般編輯應該就不想惹這種麻煩，即使造型品質將多少打折扣，也會要求我重畫吧。

但是，遙華小姐就不會妥協。

正因為她有這種心，我才敢寄予信賴，並且把重要的作品託付出去。

「是啊。我是托此方的福才能脫離低潮期，因此希望盡可能尊重她的意願。」

「既然這樣也沒辦法。就讓她待著吧。」

「得到同意嘍。太好了，此方。」

「……」

此方點了頭。

她坐到我的左邊——跟遙華小姐相反的那一側，我便把坐墊讓給她。

「好的——時候差不多了，請容我回饋對作品的意見。」

遙華小姐讀完我的漫畫以後，如此做了開場白，眼神隨之變得銳利。

「麻煩妳。」

我深呼吸說道。

「首先，故事的梗概並沒有問題，照這樣推展下去吧。然後，我頭一個感到介意的部分在於作品的調性。驚悚與戀愛喜劇，劇情氛圍要傾向哪邊，我個人應該會希望往戀愛喜劇靠攏一點。照目前來看是各占五成，感覺雙方面都不討好，可以調整的話，還請老師將描寫的比重拿捏為驚悚三成、戀愛喜劇七成。」

「原來如此。」

我拿了素描簿做起筆記。

「描寫手法有真實感明明是這個人的魅力，妳卻要求刪減驚悚要素啊……」

此方自言自語似的嘀咕了。

「假如要向驚悚劇靠攏，照近年的漫畫傾向，就要搭配獵奇性質的描寫……老師，獵奇作品非您所好吧？」

「坦白講，我不太擅長。」

「既然這樣，還是向戀愛喜劇靠攏才合適——還有，這個女主角一直戴著口罩，能不能在重要場面讓她拿掉呢？以角色定位而言，把口罩當基本配備是可以，但連重頭戲都看不見表情的話，好像有點可惜。」

「居然無視書迷在自己熱愛的漫畫家面前，萬萬不想害對方染病的心理……」

此方不滿似的蹙眉。

之後遙華小姐仍繼續給我指教，此方卻每次都念念有詞。

遙華小姐身為編輯的感性跟此方似乎大有差異。

「——我的意見大致上就是這樣。總結來說呢，因為故事要點都掌握到了，感覺只需要細微調整。」

「我明白了，感謝妳。」

我在格外重要的指教內容畫圈，一邊擱下素描簿一邊低頭致意。

「那麼，我先告辭了——但是還有個問題。」

遙華小姐從坐墊起身，並且將視線投注在我旁邊的此方身上。

「啊，妳、妳是指此方嗎？不要緊喔。其實在跟妳研討作品之前，她原本就準備要離開我家了。此方，妳說對吧？」

我對此方微笑以徵求同意。

「……」

然而，意外的是此方卻予以忽視。

「此方？怎麼了嗎？昨天妳答應過不同居的吧？」

「我改變主意了。你的漫畫由我來保護。」

此方用燃起使命感的眼神看向我。

倒不如說，要從何保護起啊？

我可沒有遭受任何人攻擊耶。我在社群網站上也只會投稿可有可無的內容，所以不曾引起眾怒。

「……唉，老實說，比起新連載的內容，我更擔心老師會不會鬧緋聞。問題總不能就這樣視而不見……——我明白了。不然這樣吧，在確定老師的連載上軌道並且杜絕緋聞以前，我也要住在這裡。」

遙華小姐毅然說完，就再度端坐於坐墊上。

「咦？啥？遙、遙華小姐？妳說笑的吧？」

「我是認真的喔。敝公司有導入遠端辦公的制度，所以白天在業務方面同樣能照應到。啊，電費瓦斯費我都會付。」

「不不不，生活費那些無所謂啦，遙華小姐，妳也有私生活啊。」

「老師您莫需擔心。雖然近年不太有人這麼做了，但聽說在紙本原稿仍屬於主流時，編輯跑到漫畫家的住處留宿算家常便飯，我也很想試一次看看。」

遙華小姐露出客套的笑容說道。

她這樣固然是編輯界表率——

「呃，可是，在辦公時間外也一起相處，不會衍生許多問題嗎？我姑且是個男人，遙華小姐妳則是女性，假如有個萬一，或許就會鑄下大錯。」

「呵，我跟老師鑄下大錯？我才想問，老師您說這話是認真的嗎？」

對方嗤之以鼻。

「遙、遙華小姐，我失陪一下——此方，妳過來這邊。」

我站起身，牽著此方到廚房裡頭。

「怎樣？」

「妳是我的書迷吧？」

「這還用問。」

「那麻煩妳協助我。遙華小姐人很好，但是要跟責任編輯全天候相處，我會緊張到沒辦法正常畫漫畫。只要妳肯先回家，我就能說服遙華小姐。一切都會和平收場。」

我合掌拜託此方。

「……好吧。既然編輯小姐也會回去，那只好這樣。」

間隔片刻，此方才心不甘情不願似的答應我。

「幫大忙了！抱歉，為了取得遙華小姐信任，能不能請妳主動跟她說？」

「雖然不合我意，但是為了你的漫畫就可以。」

「謝謝妳！」

我鬆了口氣仰頭向天。

此方跟我兩個人一塊回到房間。

「讓妳久等了，遙華小姐。此方好像有話想告訴妳。」

「洗耳恭聽。」

遙華小姐保持端坐的姿勢，並且轉向此方。

「……我會回自己家。所以，編輯小姐妳不必跟他同居。」

此方用平板的語氣咕噥。

「我明白了。但是，即使妳今天回去了，假如妳還是頻頻拜訪老師的家，那就沒有意義。就算有幫忙做家事一類的健全日的，成年男性與女高中生在密室裡單獨相處仍會構成問題。如果讓人看見妳經常進出，即使有人報警也無從辯解。」

「唉。跟他見面時，我保證會選在外頭——有旁人在的地方。這樣可以嗎？」

此方聳聳肩，略顯馬虎地說道。

「那應該就沒問題。剛才所說的話，姑且請妳用書面形式如實記下好嗎？」

「可以是可以。」

「老師，我想跟您要一張素描紙。」

「啊，好的，請用。」

遙華小姐從我的素描簿撕下一張空白頁，讓此方用原子筆寫下剛才發言的內容，然後簽名。

大概就是所謂的切結書。

「這樣妳沒意見了吧。」

「的確。這姑且先由我保管。」

遙華小姐把切結書折起來收進公事包。

「呃，造成妳諸多麻煩，總覺得很抱歉。」

我朝遙華小姐低頭賠不是。

跟漫畫有關也就罷了，因為其他雜事讓忙碌的遙華小姐操煩，我會於心不安。

「不，畢竟這也是我分內的工作。那麼，打擾老師了。」

遙華小姐站起身，動作俐落地旋踵離去。

「……掰掰。」

此方也對我微微揮手，然後走向玄關。

「嗯。辛苦了。」

我目送她們倆離開。

門關上以後，隔了一會我才上鎖。

喀嚓聲響在獨居的房間裡聽起來格外大聲。

（雖然也覺得有點冷清，但這才是原本該有的狀態嘛。）

我如此告訴自己，並且大大地伸了懶腰，接著又回頭面對繪圖平板。

同居第7天

我一步一步修改遙華小姐指教過的地方。

要改正的地方都很明確，因此我並沒有卡關，工作平平淡淡地持續著。

（已經七點啦。）

一回神就入夜了。

雖然肚子餓，我卻不太有精神下廚。

（到超商隨便買個東西吃也可以，但是我承諾過此方會攝取蔬菜。來用外送服務吧。）

貴雖貴，就找健康取向的店家點餐好了。

當我點擊手機，正準備付款的時候，玄關傳來了喀嚓喀嚓的聲響。

（咦，什麼狀況？有強盜？）

我放下手機，擺出防範的架勢。

不久，房門被打開。出現的人影讓我放心地捂了胸口。

（什麼嘛，原來是此方。）

今天此方做了謎樣的男學生打扮。

她把頭髮盤起來戴上學生帽，還把立領學生服穿得不修邊幅。

像在昭和漫畫裡會看到的典型不良少年。

「晚餐，你吃過了嗎？還沒的話，我幫你做飯。」

此方提起超市購物袋說道。

「呃，我還沒吃——話說妳不能跑來吧！昨天妳不是才跟遙華小姐約定過嗎？連切結書都簽了吧？」

我難免這麼吐槽。

此方講得實在太自然，一瞬間我差點被牽著鼻子走。

「那種切結書又不具法律效力，我大可不遵守。編輯小姐八成看我是小孩，才覺得做做樣子就能嚇倒我，太瞧不起人了。」

「是、是這樣嗎？呃，不過，先不管切結書，有礙聲譽可是真的。女高中生頻頻進出男人的住處還是不太妙吧。」

「你在說什麼？所以我不就扮男裝了嗎？」

此方拉下帽簷說道。

原來她覺得那樣算扮男裝啊。

我還以為純屬角色扮演。

至少在我看來不像男人。

「不是啦，問題不在那裡。」

「沒事的沒事的。反正別讓編輯小姐知道就好。」

此方輕鬆說完以後，就站到廚房將食材擺了出來。

「或許是那樣沒錯啦，不過對遙華小姐撒謊會讓我感到抗拒……」

我不知所措地搔頭。

嗡嗡嗡嗡嗡嗡嗡。

手機的震動聲便在我耳邊響起。

看過螢幕以後，我睜大眼睛。

這就叫說人人到嗎？

「此方，我接下來要跟遙華小姐通電話，麻煩妳靜靜地別發出聲音。」

「知道了。」

此方點頭。

我為了保險起見關上房門，然後接聽手機。

「喂？請說。」

『老師，不好意思，我是遙華。昨天我有重點忘記說了，想請問能不能占用您約三十分鐘的時間？』

「我明白了。我現在就準備做筆記。」

針對原稿的研討來得倉促。

起初我還擔心此方會不會搗亂，卻沒有那樣的徵兆。

不久，我便專注於跟遙華小姐的對話。

……

……

……

『——以上就是我要補足的重點。老師有沒有什麼疑問？』

「沒有，不要緊。」

『是嗎？那麼，請容我問一件事——那個叫此方的女生正在老師家吧？』

遙華小姐用篤定的語氣問道。

「咦？啊，那個，呃，為什麼妳會曉得？」

我感受到自己講話的音調上揚了。

此方並未發出半點聲音。

即使遙華小姐的洞察力再出色，應該也沒有透視的超能力吧。

『唉，她果然在啊。老師，您知道此方的社群網站帳號嗎？』

「咦？啊，是的，我知道。」

『請老師上去看看。』

「好的……——唔哇，真的假的……」

我照著對方所說的啟動APP，看了此方的帳號，就不自覺地冒出這種聲音。

此方的帳號發表了「做菜要靠愛♡」這句話，還一併上傳了在我家廚房拍攝的照片，背景則有我跟此方平時用的筷子入鏡。

『因為有疑似她開的帳號，我就先按了追蹤……她這應該算是所謂的刻意暗示吧。』

「這、這樣會不會不太妙啊？」

『不，除非有人進過老師的住處，否則我想有女高中生和老師在同一間屋裡的事情並不至於露餡。除了此方，老師您有讓其他人進過家裡嗎？』

「要說可能性的話，頂多只有房仲業者，還有裝設空調的技師來過吧。」

我思考了一會才回答。

『那就沒有大礙吧。他們客戶很多，想必不會一一去記每間屋裡的格局，萬一發現了，空調及房仲業者應該也不會報警給自己添麻煩。』

遙華小姐用安撫的語氣說道。

「幸好……」

我放心地捂了胸口。

『所以說，這個叫此方的女生果然很危險，因此我也要跟老師住在一起並加以監視。請問您同意嗎？』

「好的，拜託妳了。」

如今，我只能這麼接受遙華小姐的提議。

『那麼，下班以後，我會整理好行李帶過去。』

「給妳多添麻煩了。」

明明隔著手機，我卻鞠躬哈腰地掛斷了電話。

接著我衝去打開門，然後跑到廚房。

「此方！妳為什麼要上傳照片！」

「？我有按照你說的，沒發出聲音啊。」

此方呆愣地把臉轉過來，還微微歪頭。

「不不不，那套歪理說不通吧。我在問妳為什麼要刻意做出會穿幫的舉動。」

「因為大猩猩就是會搥胸脯，小狗也會在電線桿灑尿啊。」

此方又把頭轉回廚房，不以為意地切起蔬菜。

「欸，我聽不太懂妳的意思。這樣一來，我不就得跟遙華小姐同居了嗎？」

我洩氣地垂下肩膀。

原本我以為自己多少能跟此方溝通了，卻發現根本無法理解的部分還多著。

「不要緊。你有我在。」

此方又給我有些牛頭不對馬嘴的答覆。

「……真是謝謝妳喔。」

我判斷再多說什麼也沒用，就開始打掃房間，想盡量減少對遙華小姐造成的不便。

於是，在我吃完此方幫忙做的晚餐時，門鈴響了。

來到家裡的遙華小姐穿著T恤、牛仔褲配運動鞋，一身輕便的打扮。

她有先回家一趟才過來吧。

手邊還拉著樣似裝了生活用品的行李箱。

「對不起，給妳添了麻煩。」

我在玄關前下跪。

編輯這一行原本就事務繁忙，居然連寶貴的私生活時間都被我剝奪，光道歉也無法表示我的愧疚。

「何必這麼客氣，我能體會喔。反正，八成是那個女生擅自找上門來的吧。畢竟你並不是會說謊的類型，看作品就曉得了。」

遙華小姐看起來並沒有多介意，還用平時的冷靜口吻回話，一邊脫掉運動鞋。

「原來妳能體會啊——話說遙華小姐，妳不跟我客套了？」

「我認為在上班時間外，姑且該有公私方面的區別。當然您希望的話，我並不介意繼續以老師尊稱。」

「不用，我反而覺得平日被稱呼老師比較難為情，所以直呼你我無妨。」

我立刻回答。

「是嗎？哎，總之，先觀望狀況吧。諸如你們倆相處的關係是否保有分寸，對創作有無負面影響，我會在月底之前釐清此方對你會造成的風險。先讓我打一副備份鑰匙——話說，那個女生呢？」

進到屋裡的遙華小姐東張西望地說。

「她正在洗澡。」

「這樣啊……」

遙華小姐帶著苦瓜臉點頭。

就這樣，如今我不僅被迫與此方住在一塊，還迎來了連遙華小姐都加入其中的奇妙同居生活。

同居第8天

「我好像有點發燒。」

穿著制服的此方在玄關門口嘀咕。

「咦？真的嗎？此方，我記得妳今天補課沒出席的話，升級就會有危險吧？」

今天是星期日，原本應該放假，但由於此方直到前陣子都拒絕上學，為了追回落後的進度就非得接受補課。

「不太妙。」

「我想也是。不過，健康是無可取代的嘛。既然世道如此，講清楚理由的話應該也能得到學校諒解吧——嗯～～妳發燒的溫度似乎並沒有那麼高……」

我走近此方，用手抵在她的額頭上嘀咕。

「或許將額頭湊在一起會體會得更清楚？」

此方往上朝我瞟過來。

「咦？那實在不太妥當吧……」

我語塞，並且回頭望向後面。

在遙華小姐看得到的地方，我希望避免跟此方過度接觸而遭受奇怪的誤解。

「不需要用那種方式測體溫，我這裡有體溫計喔。請用。」

遙華小姐從行李箱裡取出體溫計，朝這裡拋來。

順帶一提，她原本也應該休假，然而私生活要素頂多只有從套裝換成便服，今天似乎照樣會處理工作。

不用說，身為漫畫家的我當然沒有固定假日。

只要畫得出作品，隨時都能休息的自由業——話雖如此，我現在根本沒有全天休息的餘裕。

「謝謝！此方，妳量量看。」

我把接到手裡的體溫計遞給此方。

「我覺得身體狀況突然好轉了。」

此方突然用毫無感情的語氣說道，並把視線從體溫計上轉開。

「……此方？——難道說，妳想裝病？」

「因為要擱下你出門，我會擔心。」

「此方，妳的心意讓我很欣慰，但要是害妳留級，那種罪惡感更會對我的創作活動造成負面影響。假如身體沒問題，麻煩妳還是好好上學。」

「唉。雖然我擔心的並不是那方面，但也沒辦法……我要出門了。」

此方先是嘆了口氣，說完便旋踵在玄關門口穿起鞋子。

「？我聽不太懂，不過要加油喔——啊，遙華小姐，謝謝妳借的體溫計。」

我把體溫計拋回給遙華小姐。然後為了燒開水沖即溶咖啡，我把水壺放到爐火上加熱，並且目送此方的背影。

「我會在下課時間跟你聯絡，絕對要在一分鐘之內就回覆我。」

此方依依不捨似的再三朝房裡回頭，並向我提出要求。

「哎，盡量啦。」

我含糊應聲。

「你要跟我約定絕對會做到，而不是盡量。」

此方急著說道。

「約定嗎？萬一我打破約定，會有什麼後果？」

我對此方的要求既不說ＹＥＳ也不說ＮＯ，只是反問回去。

「嗯……吞一千根針？」

此方微微歪頭回答我。

「那樣太嚴格了點，我沒辦法跟妳約定耶──欸，時間真的快來不及了吧。」

「啊，糟糕。哎喲！我要走了。」

此方略顯不悅地用力推開門。

「噢，慢走。」

我苦笑著揮手。

此方出門以後，我沖了兩人份的咖啡回到房內。

另外，遙華小姐是採與我面對面的形式，用她從自己家裡運來的辦公桌椅。

「謝謝──對了，她那套制服是櫻葉的呢。那不是相當知名的明星學校嗎？」

遙華小姐感慨似的說道，然後拿了從我手裡接過去的咖啡就口。

隨後她依舊手速飛快地打起字。

這不僅限於遙華小姐，編輯常會在誇張得嚇人的時間寄工作郵件來耶。真不知道他們都是在什麼時候休息的。

「就是啊。聽說那裡上的課水準也很高，既然此方就讀高中，我倒希望她不要花太多時間理會我，應該要專注於課業才好。」

我把咖啡擱在旁邊，面對繪圖平板。

此方願意關心我很令人感激。

不過，原本我就覺得彼此頂多在假日偶爾碰面，到咖啡廳聊天，保持像這樣的關係才健全。

「畢竟有句話叫少年易老學難成嘛。不過此方是你的書迷吧？有機會跟內心憧憬的漫畫家親近，會樂得飄飄然倒也不是無法理解。更何況，那種年紀的少女就是容易受到年長的男性吸引……」

遙華小姐說的似乎有道理。她敲下ＥＮＴＥＲ鍵的聲音聽起來格外響亮。

「哦，漫畫裡常會看到類似情境，原來在現實也一樣嗎？」

「就像麻疹一樣，每個人年輕時總會經歷過一次。」

「這樣啊……哎，我讀高中的時候都只會在筆記本上塗鴉，因此對課業方面不能說什麼擺架子的話。」

「以你的情況來說，既然作畫已經像這樣變成了工作，那應該也是一段有益的學生生活。」

「……」

「……」

無關緊要的閒聊沒有持續太久，沉默在不久後降臨。

儘管我設法提起勁動筆，進度卻不甚順利。

光是稍微停下筆，我就擔心自己會不會被遙華小姐當成「偷懶」。

不知道有沒有漫畫家是責任編輯待在旁邊，心思還能專注的？

話雖如此，露骨地往外跑的話，感覺也會被遙華小姐認為我是在躲她……

「果然，你會覺得不自在嗎？」

「咦？啊，是的！老實說……」

我搔了搔頭。

根據過去的經驗，就算我敷衍帶過，還是會被遙華小姐看穿。

坦承為上。

「我就知道。畢竟你屬於對作品本身有興趣，卻不會去收集周邊的那一型。」

遙華小姐朝房間裡看了一圈說道。

啊，原來她是指那個。

的確，身邊圍繞著自己作品的掛軸也是我不自在的因素之一就是了。

「是啊。此方為了我改換房間裡的擺設，但我就算對自己的作品有愛，露骨成這樣未免也太……」

我順著對方的話鋒說道。

「為什麼你不告訴她本人？既然是你的房間，態度強勢一點也不為過吧？」

「嗯。可是，我對時尚或居家擺設都不算熟悉，也無法提出取代方案，就不好意思割捨此方的好意……」

「路邊發的傳單之類，你是不是都照單全收？」

「咦？妳怎麼曉得？」

看到打工族被好幾個人忽視，我就會忍不住同情而接下傳單。

「……請你要小心登門的推銷員或電訪員喔——啊，對了對了，我們剛才是在聊室內擺設。不嫌棄的話，由我來構思另一套搭配怎麼樣？」

「咦？可以嗎？請妳務必幫忙——啊，不過突然全換掉的話，或許會傷到此方的心，如果可以，請妳先針對牆上的掛軸與窗簾想想辦法就好。」

畢竟地毯進入眼裡的頻率並不高，我還可以忍耐。

而會頻繁進入視野的牆壁和窗簾就想先設法改善一下。

「我明白了。」

「呃，然後呢，我大概需要付多少費用？」

「不不不，不用你破費。我家裡多得是擺不下的現成品，都可以送你。之後我回去拿資料就順便帶過來。」

「這樣啊，謝謝妳。」

不知遙華小姐家裡多出來的都是什麼東西，但由她幫忙搭配應該不會錯吧。

何況她對漫畫也很有品味。

「說成交換條件可能怪怪的——老師，請問你在家都不看電視嗎？」

「啊，對耶，家裡還沒有電視呢。我買一臺回來好了。」

之前利用搬家的機會，我就把舊電視處理掉了。

最近看動畫也可以訂閱網路上的串流平臺，所以沒電視也滿少感到不方便。

「可以的話，希望你能添購一臺。因為有自己負責的作品在無線電視播映動畫，我都會盡量把握第一時間收看。」

「這當然沒問題。目前的話，上檔的是《芙立亞》吧——我剛才下訂了，明天就會送到才對。」

我操作筆記型電腦，隨便挑了在網路上風評不錯的電視。

《芙立亞》是在星期天早上播映，收視率可說穩居一方的國民動畫。

實不相瞞，其原作漫畫就是出自遙華小姐負責接洽的作家筆下。

印象中，之前在出版社主辦的派對上，我曾經向那位原作者問候過一次，但是對我這種人氣不上不下的漫畫家來說，即使彼此同為漫畫家，對方仍是遠在天邊的大人物，令我豔羨不已。

「謝謝你。」

後來我依然抱著緊張感工作，直到午後遙華小姐回去拿行李才鬆了一口氣。

當我一邊吃著此方幫我做的午餐一邊審視進度時，發現身體感受到的作畫速度理應是偏慢的，工作起來卻意外有效率。

或許無法偷懶的環境也還不壞。

「——讓你久等了。我回去拿行李，還順便買了晚餐的材料，因此今晚由我負責做飯。」

揹著商務包的遙華小姐說完，就把超市的購物袋擱在玄關門口。

豐滿雙峰在她彎下身的瞬間沉甸甸地晃了晃。T恤的輕薄布料不足以支撐那樣的重量，從略微撐開的領口縫隙能清楚看見乳溝。

「啊，那、那個，我來把食物收進冰箱。不、不過這樣好嗎？居然還讓妳幫忙做飯。」

我刻意視線朝下，然後提起超市購物袋，動手將內容物分類並說道。

「沒關係啊，反正是舉手之勞。那麼，趁此方還沒回來，我先換掉掛軸好了。要聽她唸東唸西的也嫌煩。」

話說完，遙華小姐打開了背包。

遙華小姐真的是事事都乾脆俐落耶。

雖然我知道這並不能比，卻難免會拿來跟笨拙的此方相較。

多希望此方能變得像遙華小姐一樣，然而我自己也屬於笨拙的類型，所以這似乎算強人所難。

「好的！呃，需要我做些什麼？」

「那麼，請老師把掛軸拆掉。由我來擺設。」

「我知道了——唔？」

我看見遙華小姐手裡拿的東西，心裡一陣驚愕。

「怎麼了？」

遙華小姐愣愣地歪了頭。

「沒、沒事……」

（這樣算時尚嗎？哎，至少壓迫感不會像自己的動畫角色掛軸那麼強。）

我在內心抱持疑問，並將掛軸換成遙華小姐帶來的擺飾。

不久，午休時間結束，我們又回到工作崗位。

多虧現在免於感受到角色的視線，我的專注力有所提升，心思便能投入工作。

一回神，已經到了傍晚的鐘聲響起的時刻。

「我回來了。」

間隔一會，此方回來了。

「噢，妳回來啦。」

「嗯。我說啊，我有叫你在一分鐘之內回我訊息吧？為什麼你都——咦！話說這未免太土了吧！沒有人這樣布置房間的啦～～！」

此方剛拿著手機走進房間，立刻就板起臉抱怨。

（果然妳也這麼覺得啊！這真的很土！對吧！）

我很久沒有像這樣全力贊同此方的意見了。

遙華小姐帶來的就是印了日本各處地名的燈籠。

在觀光景點會當成伴手禮販賣的那種貨色。

如今我的房間裡，燈籠已經多得只要環顧牆壁一圈就能縱貫全日本。

「土？妳不懂這種流露而出的古樸雅趣嗎？」

遙華小姐聳了聳肩，眼神就像在看待不懂啤酒滋味的小朋友。

「……編輯小姐，妳幾歲啊？其實妳是昭和出生的嗎？老婆婆？」

「我可是怎麼算都屬於平成年代出生的。此方，妳明明是ＪＫ還這麼落伍啊。現在流行昭和風，潮流輪迴到這種風格了。新冠疫情發生以前，這也是受外國觀光客歡迎的伴手禮。」

「不不不，才沒有那種潮流，土就是土。」

此方隨即反駁。

看來那些燈籠似乎土得連怕生的此方都敢這麼大聲說話。

呃，不過拿動畫掛軸跟鄉土燈籠做比較，根本是五十步笑百步吧。

不知道一般人的觀感如何。

好像也可以試著到Twitte〇上面辦個投票。

兩邊由我看來差不多一樣土，然而在精神衛生方面是燈籠像樣點，所以我打算維持現狀。

「呼。哎，畢竟感性人各有異。」

遙華小姐用自滿的高姿態語氣說道。

「——所以你覺得這樣好看？」

此方探起我的口風。

「唉，既然三個人一起住，非得互相妥協讓大家都住得舒適。」

「……你要這麼說的話，我是可以忍受。」

此方帶著不太好看的臉色點了頭。

「——那麼，快五點了呢。雖然時間早了些，我來準備做晚餐吧。」

遙華小姐蓋上筆記型電腦並且起身。

「啥？妳打算進廚房？那裡可是屬於我的地方。」

廚房什麼時候變成此方的了？

我的才對啦。

正確來說，應該是屬於房東的。

「不過，我說此方，妳讀書滿辛苦的吧。有人可以依賴的時候大可接受嘛。學生的本分就是讀書，至少讓遙華小姐幫忙分擔到妳有餘裕為止啊。」

我安撫似的告訴此方。

這固然是權宜之詞，卻也是我的本心。

「——嘖！隨你們高興。」

此方咂了嘴，然後走向盥洗室。

可以聽見她漱口大聲到誇張的地步。

「那我要借用廚房了喔。」

遙華小姐並沒有因為此方耍脾氣而壞了心情，照樣走向廚房。

飯菜是在下午六點左右完成的。

桌上擺了熱呼呼的白飯與筑前煮。有滷羊栖菜，搭配加了油豆腐皮的味噌湯。

宛如和式餐點的示範菜色。

「廚藝確實好——不過整桌都是土黃色……連做飯都像老婆婆會煮的菜色。」

此方帶著複雜的表情望著那些飯菜。

「我開動了……——好吃！遙華小姐，原來妳連做飯都會耶。」

我佩服地說道。

遙華小姐做的菜屬於讓胃腸好消化的溫和口味。

要說的話，此方做的菜色以西餐居多。

由於我的味覺就像小孩，說起來是比較喜歡口味簡單明瞭的西餐，卻也不討厭和式餐點。

「我只是照著食譜做，並沒有什麼大不了的。話雖如此，幸好合你的口味——我開動了。」

遙華小姐帶著跟平時一樣的冷靜表情，默默地開始用餐。

（話說回來，原來遙華小姐這麼喜歡和式風味，有點意外。）

照以往我對遙華小姐的印象，總覺得她過著更為洗練的上流生活，不過那或許是來自混血兒外表的偏見。

一天過下來，讓我學到了凡事不能先入為主地判斷的道理。

同居第9天

今天此方同樣有去上學，我則專注於漫畫原稿。

「老師，請問進度如何？」

「感覺可以設法在今天內完稿。對不起，結果我拖到截稿前一刻。」

「是嗎？刊載於ＷＥＢ雜誌終究是試驗性質，所以多少能夠通融，請老師別擔心。」

遙華小姐悠哉地答道，還端起焙茶就口。

果然，她喜歡的飲料也屬於和風。

我個人依然會感到緊張，不過適應力這玩意兒是很可怕的，所以提心吊膽的程度已經不如當初了。

（可是一旦習慣以後，就會忍不住多注意某些地方。）

我和遙華小姐是採對坐的形式，因此無論如何都會常常看見她的身影。

具體而言，比如鎖骨、襯衫底下透出來的胸罩痕跡，或者忽地脫口冒出的煽情清嗓聲。

明明過去商討工作也是處在類似的狀況，為什麼我會突然開始意識到遙華小姐身為女性呢？

難不成是因為對我來說，這裡屬於私生活空間？即使腦子裡明白彼此是責任編輯與漫畫家的工作關係，頭銜難免還是會淡化模糊。

（遙華小姐跟此方不同，即使我們進展成男女關係，在法律上也不會有任何問題嘛……）

明知道不可能，我心裡卻忽然浮現了這樣的想法。

（我在想什麼啊。對遙華小姐太不禮貌了吧。）

我一口氣喝完咖啡，靠苦味趕跑不莊重的想法。

宛如受時間追趕的我全心投入於工作，還跟遙華小姐一起用昨天剩下的味噌湯泡了白飯狼吞虎嚥。

接著，過了中午，門鈴聲響起。

應門以後，我發現是昨天訂購的電視。

「遙華小姐，電視送來了喔。」

我捧著裝有電視的紙箱，搬進屋裡。

之前買的時候感覺更重一點，現在卻變得挺輕盈。

不知不覺中，文明已經有了進步。

「謝謝。不好意思，感覺像在催促老師買電視一樣。」

「──姑且開機做個測試…………好，功能沒有問題。」

我接上纜線，試著開了電視。

螢幕順利顯示出色彩鮮豔的影像。

「老師屬於在有聲音或對話的地方也能進行創作的那一型嗎？」

「有沒有都不成問題。我偶爾也會到有放音樂的咖啡廳工作。」

「這樣啊。那麼，可不可以讓我開著電視當背景音樂？」

「好啊，請便。」

我把電視遙控器遞給遙華小姐。

「謝謝。」

遙華小姐並沒有一直切換頻道，而是毫不猶豫按下遙控器的按鍵。

她想看BS頻道啊。

「妳是打算看時代劇嗎?我好幾年沒看了。」

「很遺憾,時代劇在無線電視處於滅絕狀態,頂多只有年底會播忠臣藏吧。」

遙華小姐說得淡然,卻流露出幾分落寞的氣息。

連不熟悉時代劇的我也認得的知名配樂隨之播出。

「水戶黃門還是元祖版本好看。老成又倔脾氣的黃門老爺比較有人味,我覺得很有魅力。我個人認為第四代以後就有角色詮釋上的歧異,尤其是體格健壯的黃門老爺實在不搭調。」

「不好意思,我對這些並不熟悉,所以聽得糊里糊塗。」

我低頭賠罪。

雖然我想陪遙華小姐多聊聊,然而碰到不了解的話題就沒辦法。

「不會,老師是漫畫家,有必要鑽研漫畫,但即使不懂時代劇也不必難為情。不過,我個人覺得時代劇裡充滿了能熱銷的娛樂要素精華,因此還請老師有空的話試著觀賞看看。」

「哦,聽起來滿有意思。有可以推薦給入門者的作品嗎?」

我在接話時順便發問。

畢竟常常可以看到只讀漫畫就會讓筆下漫畫變膚淺的意見，多接觸各種創作應該是比較好的。

「這個嘛，以知名劇集來說，像《帶子狼》走的就是近年在WEB平臺上受歡迎的復仇型戲路，同時也算親情劇，還包含公路電影的要素。假如老師也有把青年誌納入視野，《劍客生涯》就網羅了能挑起中老年男性自尊心的可看之處，我認為先看過並不會吃虧。至於《必殺仕事人》，感覺可以在塑造諜報劇的角色時當成參考。如果要畫黑道戲碼，《清水次郎長》必看不可；想畫黑暗系作品的話，《鬼平犯科帳》是最好先進修過的一部作品。」

糟糕。

她講得太快，我來不及做筆記。

遙華小姐真的很喜歡時代劇耶。

「……原來如此。順帶一提，畫戀愛喜劇該參考哪齣戲比較好？」

我記下自己還來得及聽的部分，並且提問。

添增自己能創作的戲路固然重要，我現在還是要專注於眼前的作品才對吧。

「……呃，那就是我也不太熟悉的戲劇類別了，恐怕要從韓流或華流連續劇來找。不對，那屬於迎合女性的劇情結構，或許不適合以男性為主要讀者的本雜誌。抱歉，我講了太多累贅的事情，請老師忘掉吧。」

遙華小姐的臉頰泛紅，視線也跟著亂飄。

那是我沒看過的稀奇表情，總覺得占到了一點便宜。

不久，作惡的地方官遭到懲治，事件圓滿收場，另一齣時代劇又接著開演，當從事暗殺生意的義賊挨太太罵，進入片尾曲時，我就把作品修改完畢了。

「遙華小姐，原稿完成了。檔案我現在傳過去。」

「謝謝，請讓我拜讀。」

遙華小姐關掉電視，並且定睛凝視電腦螢幕。

我靜靜地反覆吸氣呼氣，就等她開口置評。

「我覺得很好！就這樣刊載到WEB吧。關於長篇連載的調整，我們等看過讀者的反應再來研議。先向老師說一聲辛苦了。」

遙華小姐對我投以微笑。

「好的！謝謝妳。萬事拜託了。」

我微微擺出叫好的架勢。

離登上紙本雜誌連載的路途尚遠，但我似乎跨過第一道門檻了。

同居第10天

那天，我從早上就一直坐立不安。

我打掃了洗手間與浴室，也試著到附近散步，卻沒有打發掉多少時間，到頭來又回到屋裡。

「——呃，WEB版雜誌的連載內容是在中午更新對不對？」

結果我在繪圖平板前坐定，明知故問地開口。

「是的。雖然時間會有些許誤差。」

遙華小姐靜靜地答道。

「哈哈，也對喔……」

我羞赧地笑了出來，並且面對繪圖平板。儘管我也想練習素描，或者畫一幅可以在社群網站上發表的圖，卻還是沒辦法專注。

我一會躺，一會站，一會在原地繞起圈子，心情躁動得像是等著餵飯的狗。

「老師，我明白你現在靜不下心，不過事到如今無論焦慮與否都改變不了結果，就沉著地等待那一刻吧。」

「對、對不起。」

我低頭賠罪。

動來動去干擾到遙華小姐工作也不好意思，乾脆停止手邊的作業好了。

我關掉繪圖平板，抱腿坐了下來，並且漫不經心地看起電視。

今天看的節目同樣是時代劇。村長與奸商串通一氣，正在壓榨老百姓。

演員們經過一如所料的故事情節，演繹出一如想像的結局。

即使知道戲會怎麼演也依然覺得有趣，是因為正如遙華小姐所說，時代劇作為娛樂有其優秀之處吧。

片尾曲播放出來，不久，顯示在畫面角落的時間變成十二點。我便抓準那一瞬間，拿起了手機。

網頁刷新好幾次之後，大約延遲一分鐘，我就目睹自己的漫畫上架了。

內容姑且也讀過了，沒有問題。

哎，那部分有遙華小姐幫忙檢查，當然不會有差錯。

（這麼一來，我又可以抬頭挺胸自稱漫畫家了吧？）

雖說還不確定是否能上紙本雜誌連載，能好好在出版社的官方媒體上刊載自己的作品還是讓我相當高興。

以心情而言，我甚至想幫自己的作品點讚聲援，不過老王賣瓜實在太丟臉了，所以我要忍。

乖乖等候讀者的反應吧。

隨著時間經過，閱覽人次逐漸增加。

肯給予鼓勵或加入最愛的讀者也零星可見。

於是，第一則感想終於出現了。

『我是老師的書迷！新作非常有趣！雖然前作也很神，挑戰新類別讓老師開拓出新境界了呢！圖也更加進化而動人，真的太棒了！這對男女主角是藉著名為命運的鎖鏈串聯在一起呢！』

毫不保留的讚賞，讓身為作者的我看了都感到害臊。

我對這個用戶的名稱心裡有數。

（這是此方的留言吧……有一半算自導自演嗎？）

我有把握。

因為名稱跟她在社群網站用的一樣，我便認出來了。

學校現在大概是午休時間。

彷彿能想見此方急著用手機輸入感想的模樣。

她的留言似乎激起了迴響，感想陸續如雪片般飛來。

當然，批評的聲音並非為零，但是正面的感想好像占壓倒性多數。

「遙華小姐！感覺在讀者之間的風評不錯！」

「是嗎？從數據來看，我認為第一波迴響跟其他短篇相比也堪稱優秀。」

「真的嗎！」

「嗯。老師，請問你要看即時數據嗎？」

「啊，好的！我想看！」

「那麼，請便。這姑且算機密資訊，所以要麻煩老師保密。啊，圖表中的綠線就是老師的作品。」

遙華小姐將原本坐著的椅子挪開並說道。

「謝謝妳。」

我彎下身子，面向遙華小姐所用的筆記型電腦。

「本案就此圓滿了結……」

遙華小姐喃喃自語地模仿起時代劇裡的代表性固定臺詞，並且從座位起身走到廚房。

（真的耶……成績似乎不壞……）

雖然我不懂圖表的詳細解讀方式，但是跟最近其他新連載的曲線相比，還是看得出走勢上揚的角度明顯較陡。

（太好了。這樣似乎就能爭取到下一次機會……——嗯？）

放心的我準備離開筆記型電腦前面，瀏覽器顯示的其他分頁名稱便映入眼裡。

（「北島〇郎音樂事務所」、「日〇江戶村」、「御茶福〇園」？）

上面列出的顯然是與漫畫毫無關係的網站名稱。

（遙華小姐絕對不是會在上班時偷懶的那種人……難道說，之前她也跟我一樣，對新連載的迴響擔憂得無心工作？）

倘若是這樣，還真令人欣慰。

畢竟那表示她對我的作品就是如此看重。

就算位居責任編輯之職，也並不是每個人都願意愛惜作品。過去我也跟其他雜誌的編輯交流過，結果能夠讓我信任到託付一切的人，就只有遙華小姐而已。

（話說回來，遙華小姐也是有血有肉的人呢……）

平日冷靜的她原來也會跟常人一樣有焦慮不安的時候。發現這件事讓我對她多了幾分親近感。

這是如此的午後時分。

同居第11天

今天此方去學校上課，遙華小姐也要進公司辦公。

我從監視的目光獲得了解脫。

原稿的部分仍要跟遙華小姐研討過後才能進入下一階段。

換句話說，今天是不折不扣的假日。

話雖如此，我原本就缺乏嗜好，並沒有做什麼特別的事情，只是逛了書店、閱讀有興趣的漫畫新作，時間便來到傍晚了。

難得有空，我對平時備受關照的此方及遙華小姐懷著感恩的心，久違地下廚。

基本上，憑我的廚藝做不出太講究的東西，菜式就選了用高麗菜搭配培根的蒜香橄欖油義大利麵這種單純的品項。

我跟正好回來的此方一起用餐。

這是我第一次親手煮東西招待別人，幸好此方肯說「好吃」。

遙華小姐似乎會晚歸，因此我先用保鮮膜把那一份包起來了。

「我回來了。所幸今天收取原稿都很順利。」

結果她回到家是在晚上十點多。

這好像還算早的。

感覺我當不了上班族。

「辛苦妳了——啊，外套交給我吧。」

我把遙華小姐的套裝外套接到手裡，然後掛上衣架。

「不敢當——哎呀。」

啪。

當遙華小姐打算鬆開領口而碰觸襯衫的那瞬間，第三顆釦子突然迸開飛出。於是，水藍色的內衣隨之微微露出。

「……」

我馬上把視線轉開。

「失禮了，讓老師撞見這麼不得體的畫面。看來我的胸部似乎還在成長，卻沒空添購尺寸合身的衣服。」

遙華小姐用左手遮著襯衫的縫隙說道。

「不、不會。呃，我、我想到了，這或許可以當成畫戀愛喜劇漫畫的參考，所以，好像是我要表示感謝才對嘛。」

我支支吾吾地回話。

這樣算打圓場嗎？還是反而成了性騷擾？

「啊，的確，這像是戀愛喜劇會有的桃色意外。坦白講，對把釦子彈飛的當事人來說，胸部大會造成肩膀痠痛，又容易起汗疹，幾乎沒有好處就是了。硬要舉一個優點的話，頂多是在公司餐會上表演彈釦子能博君一笑吧。雖然說，最近幾年倒是沒有餐會場合。」

遙華小姐用冷靜的語氣這麼說完就背對我，然後走向盥洗室。

「這、這樣啊。在道德法規上不會有問題嗎？」

我拋開腦海裡上演的情色同人誌情節並且回話。

「唉，少年雜誌的編輯部是男性社會，光靠唱高調也有支應不了的時候。我本身在社交場合並不算能言善道，秀一手就能打發的話還比較輕鬆——啊，當然了，表演時我會穿襯衣，並沒有露胸罩喔。為避免誤解，姑且先聲明一下。」

遙華小姐叮囑似的告訴我，然後走進盥洗室。

不久便傳來漱口聲，聽起來莫名嫵媚。

她看起來像剛正不阿的人，沒想到也有這種俏皮而變通靈活的一面。

這也為她營造出社會人士的風範，感覺很迷人。講正經的，我並沒有用有色眼光看待。即使讓我參加那種酒席，我也只能想像自己會愣在原地。

「呃，另外，我姑且試著做了晚飯，請問妳要吃嗎？」

我開口切換話題。

「好的，我會吃。感謝老師還費心幫我準備晚餐。」

「不會啦，跟妳的廚藝一比就省工太多了。」

我懷著在各方面都抬不起頭的心情，重新加熱蒜香橄欖油義大利麵，還幫她倒了麥茶。

洗完手漱過口的遙華小姐來到餐桌。

「我開動了……——啊，對了對了，關於老師那篇作品，總編也給了不錯的反應。雖然我沒辦法斷言，但只要由此進一步修改，感覺很有可能登上紙本雜誌連載。因此，讓我們一起努力吧。」

遙華小姐一邊用固定的步調捲起義大利麵，一邊告訴我。

「好的！萬事拜託了。今天——妳應該已經累了，明天之後請再盡快撥時間跟我研討詳細事宜。」

我心裡急歸急，但遙華小姐也是人。

她跟休息過一整天的我不同，應該已經累了，勉強她陪我未免不好意思。

「好的。細節等明天以後再談，不過從大方向來說，數據顯示有滿多讀者是在第三頁～第五頁就棄追作品。我本身也曾覺得介意，但想說老師一定在這幾頁情節注入了相當多熱情，才保留下來的，不過面對讀者果然還是難以討好。描述漫畫家陷入低潮的這幾頁情節，要請老師稍作刪減。減少內心獨白，所用篇幅調整成最多兩頁，可以的話，希望能在一頁之內講完。」

「原來如此。」

我打開筆記型電腦，做起筆記。

由於我將情緒直接發洩在漫畫，陷入低潮時的鬱悶應該就原封不動地表現出來了。

漫畫家鬱鬱寡歡的心結，讀者讀了當然不會覺得有趣。

「還有意見指出主題是囚禁，內容卻缺乏緊張感。我想跟老師打個商量，看是要在故事裡安排戲分吃重的第三名新角色，或者單純加個配角，也許從中穿插一段囚禁狀態差點不小心穿幫的情節會比較好。」

「嗯。我贊成在故事裡製造起伏，但是以作品的調性而言，我不想破壞男女主角這種兩人世界的氣氛耶——」

結果，我們忍不住開始簡單的討論。

「……」

此方則在旁邊默默寫著疑似作業的講義。

她偶爾也會偷瞄我們這邊，卻沒有像初次跟遙華小姐見面那天一樣，開口針對作品發牢騷。

此方大概是跟遙華小姐相處慣了吧，或者說，此方實際見識過遙華小姐在工作上的表現，就認同了她的實力嗎？

總之，她們倆對我來說都是很寶貴的人，希望她們可以和睦相處——這我倒是不敢奢望，能相安無事就該慶幸了。

我有了這樣的想法。

同居第12天

相較於被此方囚禁的那段日子，早上無非是讓我感覺差異最大的時刻。有別於兩人在封閉空間過著無分日夜的生活，於社會正常營生的三個人聚在一起，早上該有多忙就有多忙。

「捲筒衛生紙用完了嘛。我都忘記消耗的速度不一樣了。」

此方急忙從盥洗室跑出來說道。

「我有先買好喔。」

「咦？可是在平時放的地方找不到。」

「妳是指洗手臺底下嗎？放那裡容易受潮，所以我先挪到廚房上面的收納空間了。順帶一提，直接擺出來不好看，我就收在籃子裡面。」

遙華小姐優雅地一邊啜飲綠茶，一邊朝廚房的右斜上方投以視線。

明明遙華小姐在我們當中最晚睡，卻是最早起床的。

自從開始跟她一起生活，我覺得自己見識到了一名身為「任職於大企業的社會人士」的優秀大人有多勤勉。即使被她抬舉為「老師」，漫畫家終究屬於不穩定的行業。

「編輯小姐怎麼能擅自改換屋裡東西擺的位置——啊，我必須出門了。第一節課的老師抓遲到抓得很嚴。」

此方朝手機瞥了一眼後，便將差點要引發爭執的話語吞回肚裡，朝玄關走去。

「慢走喔。」

我揮了揮手目送此方。

「啊，請等一下。我做常備菜時順便準備了便當，請妳帶著出門。」

遙華小姐叫住此方，然後趕到冰箱前拿出了一盒便當。

「啥？我可沒有拜託妳。」

「櫻葉沒有學生餐廳吧？吃超商的便當或福利社麵包也不壞，但既然妳正在發育，吃飯最好要考量到營養均衡喔。」

她一邊將便當袋遞給此方一邊說道。

「咦，是喔？因為是知名學校，我還以為會有豪華的學生餐廳。」

遙華小姐提供的意外情報讓我睜亮眼睛。

「當然，有的女校也會將資源投注於餐廳，不過在私立千金學校的設想中，就讀的學生會是來自能為子女親手準備便當的家庭喔。」

「妳真了解耶。」

「儘管校譽比不上櫻葉，我讀過的學校就有類似環境。」

遙華小姐毫不自滿地淡然回答我。

畢竟編輯這一行有許多高學歷的人，應該是會有這樣的狀況。

「編輯小姐，雖然不知道妳是從哪所高中畢業，但我沒道理受妳照顧吧。」

「只要妳肯離開老師身邊，改成從自己家裡上學，我也不會特意干涉這些喔。不過，既然妳還在眼睛可見的範圍內，我就會順從自己的良心，做自己認為正確的事情。」

遙華小姐這麼說完，又把便當袋往此方的手裡塞。

「唔唔，呃，哎喲……我出門了！」

此方從遙華小姐面前轉開臉，卻還是一把將便當袋搶到手裡，從房間離去。

即使此方心情欠佳，說來說去仍無法棄他人的好意於不顧，由此可窺見她家教之好與善良。

「不知道那孩子是在什麼樣的家庭長大。老師，這部分你有問過她嗎？」

「我也沒有問出所以然來，好像滿複雜的……」

我垂下目光回應。

「這樣啊。連女兒離家都不放在心上，可以推想她的父母以監護者來說並不適任。但是，會支付櫻葉不算便宜的學費，我想他們還是具備起碼的責任感。既然如此，至少在此方成年──大學畢業以前，先採取息事寧人的態度才是上策。即使內心會感到排斥，能妥協的部分就妥協，並且加以利用，我想這才是為她好。」

遙華小姐一邊盲打筆記型電腦的鍵盤一邊說道。

「原來如此……」

我佩服地凝望了遙華小姐的臉。

她的精神方面好成熟。

日前我才對自己把遙華小姐視為女性一事感到愧疚，結果現在反倒覺得她看起來像個媽媽了。

「？我臉上沾到什麼了嗎？」

遙華小姐察覺到我的視線，因而微微歪過頭。

「沒有，我在想自己雖然已經成年，跟一般社會人士相比果然還是不成熟，應該很孩子氣吧。」

「老師能遵守截稿日，也懂得報告、聯絡、商量的處事原則，我認為相當明事理。沒有忘記少年情懷，以漫畫家來說反而是優勢。」

「哈哈哈，謝謝。」

我淺淺地笑了笑，然後點頭致意。

遙華小姐打圓場時好像多加了「以漫畫家來說」這條但書修飾，當下我還是乖乖當成稱讚之詞接納吧。

「那麼，我們差不多可以開始研討了嗎？」

「麻煩妳了。」

遙華小姐鉅細靡遺地點出原稿的問題。

根據她的意見，我立刻著手作畫。

毫無對話，全心專注於原稿。

中午我是吃遙華小姐預先做好的配菜與白飯果腹，然後又埋首作畫，一轉眼就到了傍晚。

進度稍有卡關，因此我到廚房沖咖啡想轉換心情。

「我回來了。」

就在這個時候，此方正好回來了。

「妳回來啦。遙華小姐做的便當味道怎麼樣？」

「……還可以。」

此方從便當袋裡拿出便當盒，擱到流理臺。接著她解開袖釦，還挽起了袖子，開始動手清洗。

「妳有好好吃完啊，了不起。」

我看著空便當盒說道。

「吃飯就吃飯嘛……晚餐呢？又是編輯小姐要煮？」

「沒有，遙華小姐似乎也很忙，不好說耶。大概會買現成的吧。」

「……漢堡排的話，我可以做。」

此方朝玄關的方向伸了伸下巴，附近超市的購物袋擱在那裡。

「可以嗎？我是很高興啦。」

最近大多是吃遙華小姐做的和風菜式，我正好開始想念肉味了。

「熟練的菜色花不了多少時間，沒關係。」

此方點頭。

「是嗎？那我會期待的。」

我沖完咖啡，回到房間裡。

接著，我立刻又回頭忙著作畫。

間隔片刻，此方做好晚餐，我便將繪圖平板靠到一邊。

我拿起筷子，吃起漢堡排。

……

……

「……難道，不好吃？」

「嗯？啊，沒有，很好吃啊。我在想一些事情，因為原稿有地方卡關了。」

此方說的話讓我回過神。

看來我似乎在不知不覺中不小心發呆了。

創作這檔事，從某方面而言就像詛咒。

無論是用餐時、上廁所時、洗澡時，腦海裡總有塊角落在想作品的事。

「請問是哪裡呢？」

遙華小姐朝我問道。

「呃，我怎麼想都無法讓約會場景保有真實感。因為不時就會看到讀者提及約會內容太老氣，讓人覺得不夠真實的感想，我在想辦法改進。」

約會場景並沒有實際出現在囚禁生活裡，這是遙華小姐要求才新增的戲碼。在室外約會。明明肉體多得是重獲自由的機會，男主角卻還是逃不出來。顯示女主角透過囚禁，已經讓支配效果遍及心靈的重要場面。

「啊，那個部分嗎？的確，我也看到了一些類似的意見，不過就像我在討論時也提過的，那還不到非修改不可的地步。」

「呃，是那樣沒錯，但如果能改進，我不想在這個環節偷工減料。說是這麼說，羞人的是我幾乎沒有戀愛經驗，所以能畫的腹案就少。話雖如此，隨便把時下流行的商品或食物加進約會流程應付了事，感覺也嫌老套。」

我擱下筷子並交抱雙臂。

「是嗎……既然老師這麼希望注重約會的細節，我想自己身為責任編輯應該幫忙拿些主意，但不巧的是我在過往人生也與那種談情說愛的活動無緣，因此倉促間想不出意見——請給我一點查資料的時間。」

遙華小姐過意不去地說道。

原來她也一樣啊。明明看起來很有異性緣，真令人意外。

「唉……我說你們兩位，是不是忘了某件重要的事情？」

此方朝一籌莫展的我們嘆了氣，然後嘀咕。

「咦？」

「什麼意思？」

我跟遙華小姐望向彼此的臉，並且歪過頭。

「拜託，真正的ＪＫ就在這裡，你們為什麼不問我呢？」

「啊。說、說的也對喔，此方也是年輕女生嘛……」

我嘴上這麼說，卻還是有點不知所措。

由於此方怕生，我從之前就擅自斷定她沒有戀愛經驗。不過，以一般論而言，既然此方是女高中生，談過一兩次戀愛也根本不奇怪。

咦，我的內心該不會稍微受了刺激吧？

「嗯。深究這方面動輒有性騷擾之虞，我不敢主動詢問，但是妳肯協助的話就太令人感激了。請務必告訴我們，正牌女高中生在約會時的實際狀況。」

遙華小姐轉向此方說道。

「不，我也沒有約會的經驗，所以現在並沒有什麼好點子。」

這樣啊，原來此方也沒有約會經驗，我放心了——不對。

「妳的意思是？」

我掌握不到此方發言的用意，因而歪過頭。

「呃，那個——要說的話，漫畫家不是會取材嗎？」

此方用細得幾乎聽不見的音量咕噥。

「換、換句話說，妳是要我跟妳約會？」

我說出猜錯用意就會丟臉丟到家的推測。

「……」

此方隨之臉紅，還微微點頭。

「謝、謝謝。妳願意的話就幫大忙了。」

「既然是為了幫助你畫漫畫，我當然願意啊。你不用特地為這點小事道謝。」

「不，我還是要謝謝妳。」

我再次致意。

即使知道這是取材，能跟此方一起出門仍讓我雀躍。

最近此方也很忙，又有遙華小姐看著，所以我們都不太有機會互相接觸。

「呵呵，不客氣。那麼，約在明天放學後嘍……取材的話，編輯小姐也不會有意見吧？」

此方朝遙華小姐瞥了一眼說道。

「嗯，畢竟這的確是百聞不如一見。要解決問題，讓老師實際跟女高中生約會應該是有效率的途徑。既然是為了我負責的作品，我不可能提出異議。」

遙華小姐一邊用刀切開煎過的胡蘿蔔一邊說道。

「是嗎？那麼，明天晚上就要請妳一個人寂寞地看家嘍。」

此方耀武揚威似的笑道。

「妳在說什麼呢？我才不會看家喔。因為這場約會我也要陪同。」

遙華小姐像在宣布既定事項一樣告訴我們。

「啥？為什麼編輯小姐要跟來？」

「何必問為什麼呢，雖然說是取材，你們兩位不小心假戲真做的可能性並非為零，況且要收集約會的作畫資料，有人負責拍照比較好吧——你說對吧，老師？」

遙華小姐用好似在徵求同意的視線看向我。

「也、也對。先不談是否會假戲真做，能夠留下資料想必比較好。不過，如果要讓女高中生與漫畫家體驗單獨約會，藉此加強真實感，有第三者在場的話，會不會有違題旨啊？」

我試著委婉地表露難色。

「關於這一點，請老師放心。為了不破壞約會的氣氛，我會避免闖入兩位的視野，從遠距離守候。不過，如果有違反道德規範的行為出現，我就會出面勸阻。」

遙華小姐笑容可掬地回答。

「既、既然這樣，那就麻煩妳了。」

再辯下去也找不到理由拒絕遙華小姐的提議，我只好點頭答應。

「……沒骨氣。」

此方不滿似的嘀咕。

我假裝沒聽見。

同居第13天

「穿這樣的衣服沒問題嗎？」

下午三點前。

我站在鏡子前說道。

沒有能穿去約會的衣服。

穿動畫角色痛衣或中二服約會實在太離譜，話雖如此，我又沒有替自己添購能出外社交的時尚服飾。

結果，我挑了最近在量販店買的成衣，可是打扮得這麼休閒好嗎？

「思考這些應該也是約會的一環。說起來，老師找其他女性商量約會要穿的衣服，未免……」

遙華小姐冷靜地回答我。

她是在稍有距離的地方拿著單眼相機待命。

「說得也是。對不起——我就穿這樣去約會。」

我下定決心並且嘀咕。

與其奮發穿不習慣的衣服害自己緊張兮兮，還不如打扮得輕鬆點讓心思專注於約會上。

如此判斷的我穿了運動鞋，從房間離去。

遙華小姐默默地跟在我後面。

我偶爾會確認手機的地圖ＡＰＰ，朝櫻葉高中走去。

「能感受到其中歷史的建築風貌真是不錯呢。我會先拍攝校舍外觀，請老師別介意我，趕緊到約好的地點。」

遙華小姐一邊拍攝校舍一邊說道。

「好，麻煩妳了。」

我經過櫻葉的正門，朝位於附近的公園而去。

照漫畫的模式，會約在校門前碰面——我想應該是這樣吧。然而，櫻葉的校門前都有警衛常駐，若出差錯難保不會被當成可疑人物。

因此，我們約在公園碰面。

頂多只有單槓能供遊樂的冷清廣場。

我坐到一旁擺設的長椅。

（啊，這麼說來，約會行程要怎麼辦？因為事情決定得太過倉促，我什麼都沒想好……）

我連忙用手機搜尋「約會行程　必備」、「女高中生　約會」之類的關鍵詞，卻只有查到內容淺薄的懶人包網站，或者無異於情色媒體的可疑網站。

在我東摸西摸忙到一半時，遠方響起了鐘聲。課程結束，零星可見放學的學生身影從公園前穿越而過。

不久，有急促趕來的腳步聲接近，我便將手機收進口袋。

「等很久了嗎？」

此方有點喘地朝我問道。

「沒有，我剛到。」

我從長椅起身回答。

「是嗎……那麼，我們走吧。」

此方做了個深呼吸，然後把手伸過來。

「啊，好的。」

我怯生生地牽起那隻手。

此方的手有點冷。

而且，摸起來十分柔軟。

（話說，牽手算合乎尺度嗎？）

哎，假如超過尺度，遙華小姐會幫忙制止吧。

現在她躲在公園邊際的樹木後頭，鏡頭對著我們這裡。

我的心境就像被週刊狗仔隊跟拍的藝人情侶其中一方。

「要去哪裡？」

「……老實說，我什麼都沒想好。抱歉，毫無規劃。」

我尷尬地垂下視線。

「是喔？那麼，用我規劃的約會行程好嗎？」

此方似乎並沒有壞了心情，還向我開口提議。

「當、當然好啊。」

我二話不說地答應。

（有點丟臉耶。我是男方，還比較年長，約會居然要讓此方來帶領我——呃，可是在現代的觀念裡，已經不是由男方負責主導約會了吧？）

這次取材是為了體驗時下的約會方式。

我應該拋開刻板觀念。

「那我們先搭電車。」

「好。」

搭上各站停車的班次，來到附近最繁華的鬧區。

行人跟某段時期相比算多，但還不到擁擠的地步。

不久，此方停下腳步，我們放開原本牽在一起的手。

那裡是一棟大型購物中心的前面。

有比利治〇家、MANDARA〇E等次文化商家的大樓。

我們走進裡頭。

此方就這樣一直線朝著電梯走去。

說到約會，我的印象是漫步於商圈逛街，不過照這樣看來，此方似乎早就有明確的目的地。

不久，電梯下來了。

「到幾樓？」

我想多少拿出一點表現，就站到按鍵前面問道。

遙華小姐並沒有要跟著搭上來的動靜。她要搭電扶梯嗎？

「五樓。」

「ＯＫ。」

我按下五樓的按鍵。

隨後門關上，電梯沒有停止一路往上，抵達了我們要去的樓層。

「走這邊。」

此方牽起我的手。

「——噢……噢噢……噢噢噢！真的假的！《芙立亞》的原畫展！連載十周年紀念啊。原來有辦這樣的活動。」

我總算掌握到此方的用意。

在我們行進的方向，夢想的世界拓展於前。

「沒錯。你喜歡吧？《芙立亞》。」

「嗯，對啊！虧妳曉得耶。」

《芙立亞》是一部舞臺設定近似於地球，當中文化卻與魔法息息相關的異世界漫畫。

以類別來說，屬於正統的冒險奇幻作品——然而，富有深度的劇情沒有單純到能用如此簡潔的詞彙概括道盡。

不僅日本，連海外都有眾多書迷，在我視為連載目標的雜誌上堪稱招牌大作。

實不相瞞，這也是遙華小姐負責的作品。

「我當然曉得。誰教每次出新刊，你都會喜孜孜地在推特上發文。」

「對喔，差點就忘記了。都露餡了嘛。」

我服氣地露出苦笑。

要說我有多喜歡這部作品，就連在陷入低潮根本不想看見漫畫的那段慘澹時期，新刊發售日一到我還是照買。

這幾個月則是因為光自己的漫畫都忙不過來了，也就無法顧及《芙立亞》辦活動的資訊。

「請參考簡章～～」

在入口有導覽員拿簡章遞給我們。

「請給我一份。呃，入場券要在哪裡購買？」

我左右張望想找售票窗口，卻看不到類似的地方。

「不用買票喔，這是免費的。據說是因為原作者表示『瑪莉絲不可能在眾人沮喪時收錢』，就讓主辦單位一錘定音了。」

導覽員親切地笑著回答。

不用說，瑪莉絲就是《芙立亞》的主角名字。

「這樣啊！真不愧是折尾米洛老師！——此方，難得有這種機會，妳也拿一份簡章吧！……咦？」

話說完，我看向身旁，此方卻不知在什麼時候不見了。

（她先進去參觀了嗎？）

如此心想的我也跟著走進展場。

先讓我看得入迷的展覽項目是陳列於玻璃櫃中的折尾老師手稿。

（背、背景的描寫實在太驚人了……）

阿拉伯風格的宮殿牆面上刻有象形文字。

這些文字都不是隨便畫的，而是為了作品從零創造出來的虛構語言。講究程度可比托爾金的《魔戒》，漫畫界雖廣，能將世界觀刻劃得如此細膩的作者仍不好找。

「你最喜歡哪個角色？」

突然間，此方把臉探到我跟玻璃櫃之間的空隙。

搞什麼嘛。她果然先進來展場了啊。

「呃，或、或許會被人認為是跟風啦，但我喜歡主角瑪莉絲。有畫漫畫就會曉得，正統主角的造型真的很難設計。正直純真型的主角往往容易給人廉價又肉麻的印象，話雖如此，好畫的乖僻型主角又難以獲得讀者共鳴。從這方面來看，瑪莉絲可說掌握得恰到好處……更何況，她還是少年雜誌上的女性主角，我認為這絕對被編輯反對過，真虧折尾老師當時身為新人還能讓設定過關。」

在《芙立亞》問世以前，女性主角被稱為少年雜誌的鬼門關。況且故事舞臺並非西洋風格，而是設定成東方風格的奇幻作品，這在商業上也是往往會被迴避的要素。不過，《芙立亞》視那樣的負面條件為無物，展現出過人的高品質，熱銷到大紅大紫。

（換成我就不敢這樣挑戰……）

即使有了靈感，只要稍微被責任編輯反對，我應該立刻就會打退堂鼓。

關於這方面的細節，我曾經問過遙華小姐，但她並不是促成作品連載的編輯，而是中途才接手，所以似乎不太清楚詳情。

「……」

此方默默聆聽我說這些，偶爾會回應似的點頭。

糟糕，我自顧自地講太多了。

滔滔不絕的漫畫御宅族在約會中是最惹人嫌的吧。

「哈哈哈，呃，此方妳也喜歡《芙立亞》嗎？」

我笑了笑含糊帶過，把話題丟給此方。

「嗯，要說喜歡的話算喜歡，但是比不上你的漫畫。」

此方凝望著我答話。

「這、這樣啊。總覺得應該跟妳說聲謝謝。」

我害臊地騷起頭。

一般來看，我的作品遠遜於《芙立亞》，然而多虧有此方這種喜好特別的讀者，我才勉強能繼續當漫畫家吧。

之後我們依舊開心地逛原畫展，還到與展場相鄰的《芙立亞》聯名咖啡廳。

「這是菜單。」

此方從書包裡拿出一張紙。

那似乎是她事先從網頁列印出來的。

周到歸周到，但是店面也有設置菜單看板，桌上同樣有可供參考的類似資訊。有必要特地列印出來嗎——我這麼想，但馬上就察覺當中有何理由。

「……點這個就對了吧？」

列印出來的紙上有一項餐點用紅色原子筆圈了起來。用近乎執著的強勁筆壓一圈又一圈地畫了好幾遍，散發出不容分說的無言壓力，有種除此之外不准我點其他品項的氣息。

「那、那個，不好意思，我想要點一杯『瑪莉絲與哈利姆的濃情蜜意赫爾墨斯權杖飲料』。」

我下定決心，一口氣把話說完。

所謂的赫爾墨斯權杖，是由兩條蛇交繞構成的魔法杖。

在熱帶水果風味的飲料裡插上仿照赫爾墨斯權杖設計的造型吸管，就成了菜單上所寫的「瑪莉絲與哈利姆的濃情蜜意赫爾墨斯權杖飲料」。儘管兩邊蛇頭各為可供飲用的吸管頭——如名稱所示，我有十二成把握斷言這是給情侶喝的果汁。

說穿了就是讓兩個人共享一杯飲料，在對望之間啜飲甜美的滋味。

彼此都是高中生的話，或許還能在青春中寫下美好的一頁，但對已經成年的我來說，不得不為此湧上羞恥的心理。

（不過，這確實很像戀愛喜劇會有的情節……）

此方也是考量到這點，才特地幫忙做記號的吧。

「好的，我明白了。請問需要租借攝影用的瑪莉絲人偶嗎？」

「咦？啊，你問我嗎？攝影用？不必，因為我有一起來的伴。」

店員的問題出乎意料，讓我回答得一愣一愣。

「一起來的伴？」

店員帶著納悶似的表情反問。

「是的。啊，不過我們這是在取材，完全沒有對不起良心的地方。」

我揮起雙手，找藉口似的扯出一套說詞。

女高中生與不起眼漫畫家的組合，果然比我想的還要不自然嗎？

「好、好的。意思是不需要人偶吧。那麼，領號碼牌以後請在座位等候。」

店員露出客套的笑容回到內場。

「唉。雖然說是取材，果然還是很不好意思——呃，此方？」

我看向旁邊。

那裡沒有任何人。

這是怎樣？玩什麼花招啊？

咦？我該不會被當成明明只有一個人來消費，還愛面子說自己有伴的可憐人了吧？

我找不到此方的蹤影，只好隨便挑張桌子坐下來。

當我有些坐立難安地玩著手機時，剛才點的飲料很快就送來了。

店員拿起號碼牌離開。

「跟照片上一樣耶。」

簡直像算準了時機，此方不知從哪裡冒出來，坐到我面前的椅子說道。

「噢——話說，妳剛才去哪裡了？」

我把手機擱到桌上問道。

「暫離出恭。」

「是喔。」

被她這麼一說，我就沒辦法多追究。

「不快點喝會沒氣。」

此方說完，便拿了其中一邊吸管——右邊的蛇頭就口。

「也對。那、那就喝吧。」

我拿了另外一邊——左邊的蛇頭就口。

熱帶水果風味的碳酸飲料流入口中。

此方的額頭與我的額頭近得幾乎要貼在一起。

有種洗髮精與止汗劑交雜的甜甜香味。

我會像這樣心跳加速究竟是出於難為情？還是因為把對方看作異性放在心上？

我分不清楚。

假如我是在學的高中生，大概就會坦然斷言是後者，但是長大成人以後，思路就會多加好幾道剎車。

我驀地微微抬起視線，看向此方。

她使勁睜著眼睛。

別說轉開目光，她根本連眨都不眨眼地盯著我。

我的心境變得像被蛇瞪住的青蛙，產生了另一種緊張，盡可能運用肺活量將飲料趕著喝完。

「我、我喝完了。」

我把嘴巴從吸管挪開，然後拿旁邊的紙巾擦嘴。

「還沒完。」

「咦？」

「這根吸管是餅乾做的，所以可以吃……我們不用重現原作嗎？」

此方用手指捏住吸管拿起來。

「……對喔。兩名角色在那時候不吞下詛咒的話，故事就會隨之結束。」

既然來到聯名合作咖啡廳，就應該拋開羞恥，沉浸在其中的世界觀才符合禮節吧。

這跟在迪士〇樂園戴〇奇帽也不會害羞是相同的道理。

「對吧？——嗯。」

此方把吸管尾端含在口中，催促我做一樣的動作。

濕潤的吸管直到剛才還泡在飲料裡，恰好沾濕了她的嘴脣，散發嬌豔光澤。

（在沒看過《芙立亞》的人眼中，這應該只像是聯誼活動常會玩的POCKY遊戲吧……）

我一邊在腦海角落思索這些，一邊咬住那兩條蛇。

當然了，兩條蛇當中有一條是剛才此方叼在嘴裡的……

（啊，這算間接接吻嗎？——慢著，不不不。我在想什麼啊？快回想原作的場景，那並不是這麼悠哉的場面吧！）

瑪莉絲為了抑止失控的赫爾墨斯之杖，被迫承擔兩條蛇的詛咒。照這樣下去她會沒命，但搭檔哈利姆趕到現場，將兩條蛇其中一條吞下肚。結果詛咒就此分散，瑪莉絲才勉強保住一命。

以往瑪莉絲與哈利姆的關係都曖昧得分不清是夥伴或情侶，但因為分擔了會跟著一輩子的壯烈詛咒，反讓他們自覺對彼此懷有愛意，這是非常重要的一幕。

換句話說，此方的意思是不吃完這根蛇形吸管餅乾，將有負於原作書迷之名。

若要重現原作，這時候就不該用輕浮的心態面對。

喀滋喀滋喀滋喀滋。

吸管正慢慢變短。

（這、這樣到最後要怎麼辦？在適當的時機停下來就好嗎？可是照原作設定的話，中途打住就不妙了啊。）

當我停止吃吸管餅乾而心生猶豫時，此方的嘴唇仍逐漸往這邊逼近。

就在這時候，桌子上的手機劇烈震動了。

我頓時背脊一顫，用左手抓起手機開啟畫面。

『雙方嘴唇相觸的話，會被視為猥褻而有違法的可能性。』

畫面上方的通知內容顯示了遙華小姐用社群軟體傳來的訊息。

我慌忙從吸管上挪開嘴唇。

（好險～～差點忘了遙華小姐正在看。）

「如果我們兩個不同時吃完，世界可是會毀滅的。」

此方把吃到一半的餅乾放在手掌上，狀似不滿地嘀咕。

「哈哈哈，哎，我們又不是像瑪莉絲或哈利姆那樣的英雄。這表示我沒有器量承擔能左右世界命運的詛咒。」

我笑著敷衍過去。

「是嗎？」

此方微微點頭，然後把餅乾放進口中，喀哩喀滋地咬碎。

那聲音聽起來格外大聲。

「托妳的福，我玩得很開心。接下來要去哪裡？」

「接著去三樓的畫材行，之後逛淳〇堂。晚餐去肯德〇吃到飽。」

此方一邊將口罩戴上，一邊回答。

「噢，不錯嘛。那我們趕快——」

冒出興致的我順勢從座位起身——隨即僵住。

的確，此方提議的行程都很合我喜好。

假如是我獨自休假去這些地方，那就棒得無可挑剔。

但是以約會來講，這樣對嗎？

明明約會是由兩人成行的活動，都只逛我可以玩得開心的地方說不過去吧。

「……欸，此方，妳想去哪裡？」

我再次坐回椅子上問道。

「？剛才我說了啊。」

「不，妳肯幫忙想這些約會行程，讓我玩得開心，我是很感激，也很欣慰。不過別只顧慮我的需求，我們也到妳想去的地方逛逛吧。這是我們兩個的約會啊。」

「這沒問題。反正你想去的地方，就是我想去的地方。」

「此方，那我更希望妳能告訴我想去什麼地方，或者想做些什麼事。妳對我好像很了解，我也希望能這麼了解妳啊。」

「……………好吧。」

此方視線左右亂飄，沉默了一陣子以後才深深點頭。

隔著口罩看不出嘴型，但我覺得她的眼神在笑。

「好，那現在我們可以走嘍。」

我站起身，並且把椅子推回原位。

「嗯。」

此方跟著起身，還迅速站到我旁邊，一派自然地勾住我的手臂。

「這、這樣會不會靠太近？」

「──你不是答應順我的意了？」

此方微微歪頭。

「……對喔。」

畢竟話才說完，我總不能朝令夕改，只好就這樣邁出腳步。

我的手肘不時會碰到此方的胸部，因而膽顫心驚。這樣不會有問題嗎？

既然沒有接到遙華小姐聯絡，暫時就當成合乎尺度吧。

我們離開大樓，來到髮廊與咖啡廳林立的潮流大街。

此方在位於其中一角的女性服飾店停下腳步。

「這裡嗎？」

我探頭看向店內，吞了吞口水。

要穿著成衣走進這裡頭，感覺門檻有點高。

不過，這時候逃避就無法耍帥啦。

「歡迎光臨～～請問是要買禮物送女朋友嗎～～？」

店員一臉笑吟吟地過來搭話。

「不、不是女朋友，但我想買禮物送她。」

多虧有此方，我才能再次提筆畫漫畫，還逛了《芙立亞》的原畫展。像這樣表示一點謝意應該不為過。

「這樣啊。請問您曉得對方穿什麼尺碼嗎～～？」

「那、那個，這要問她本人——咦？」

人又不見了。

明明這裡是此方想來的服飾店。

儘管店員似乎覺得我這個客人有些詭異，我仍靠自己的品味盡力挑了感覺適合此方的衣服買下來。

價格跟電腦差不多讓我吃了一驚。

「……你買了什麼嗎？」

「是、是啊。雖然不曉得是否合妳喜好。」

我把紙袋遞給此方。

「謝謝。」

她收下後捧到懷裡。

「畢竟我受了妳的關照啊——是說，妳剛才又不見人影了，難道妳身體不舒服嗎？若是這樣，就不用勉強自己喔。」

看此方像這樣消失好幾次，我難免會感到擔心。

「不會，狀況反而很好。」

此方不以為意地說道，還當場輕快地跳了幾下給我看。

看來她似乎真的沒問題。

「是嗎？那就好。」

「接著走這邊……」

我任由此方引導，逛起各式各樣的店家。

飾品店逛完後，還去了能量石專賣店，然後就在菜色主要提供起司與肉，又很適合美食攤拍的餐廳吃晚飯。

原本我從此方挑選的日常服裝與居家擺飾，猜想她會帶我去品味更加奇葩的店家，沒想到她選的店都滿像一般女高中生的喜好。

當我們覺得肚子有點漲，在日落後的街道閒晃幫助消化時，手機又震動了。

『根據條例規定，晚上十一點後青少年於鬧區走動，會成為接受輔導的對象。目前是九點半，考量到移動的時間，恐怕該及早替這次取材收尾了……』

我讀完遙華小姐傳來的親切訊息，就傳了「收到」的貼圖回應。

「此方，時間好像差不多了。下一間店就是最後一站嘍。」

我把手機收進口袋，然後告訴此方。

「——那麼，我逛從那條巷子拐進去的某間店。我喜歡那裡，而且我想你也會喜歡。」

「好。」

那是一間左右被酒館包夾的書店。

總面積大約只有三坪的狹窄空間裡，雜亂陳列著次文化類型的同人誌。

即使稱作同人誌，那些並非18禁的情色漫畫，內容多以個人彙整成冊的冷門研究為主。

以同人誌販售會來講，那不會排到第三天，而是屬於在第一天擺攤發放的資料集。

「哦，原來還有這種店啊。」

「沒錯。這裡有網路上買不到的有趣書籍。」

此方一邊用名為《動情劑配方》的書遮著自己的臉，一邊朝我細語。

「不錯耶。感覺可以當漫畫的參考資料。」

（《所羅門咒語集》、《羅馬劍鬥士的技術》……）

看見這些挑動中二情懷的書名，我忍不住伸手拿起。

我興奮地著迷於其中，在各類書架上物色好貨。

「——不好意思，請問你是主名　公人老師吧？」

忽然被搭話的我回過神來。

久違地聽到有人出聲稱呼，讓我花了一點時間才察覺那是自己的筆名。

「啊，是的。沒有錯。」

我朝聲音傳來的方向看去。

有個戴眼鏡給人正經印象的青年在那裡。

對方年紀似乎比我小一點。會是大學生嗎？

「對不起，突然向老師搭話。我是老師的書迷，在APP推出的新連載也已經讀過了！」

「真的嗎！謝謝你。」

我反射性地低頭致意。

既然認得我的長相，對方不可能是跟風的書迷。

作品改編動畫時，我姑且接受過採訪，所以只要谷歌一下就能夠查到臉部的照片，但如果沒興趣就不可能認出我才對。

「握手——在這年頭實在不合宜呢。那個，可以麻煩老師幫我在筆記本上簽名嗎？」

「當然了，我很樂意。」

我在筆記本上簽名。

順便加了角色的插畫。

「謝、謝謝老師！我是第一次遇見名人。那個，我在大學有參加漫畫研究會！社團成員們也在這附近，要是能跟老師見面，我想他們絕對會很開心的，請問能不能讓我叫他們過來呢！」

青年興奮地像連珠炮一樣說道。

「咦？啊，好的。」

我露出客套的笑容點了頭。

不久，那些漫畫研究會的人來了，而且看見我便鬧哄哄的。

我幫他們所有人簽了名，還盡可能回答他們的問題。

老實說，感覺大約有一半的人沒看過我的漫畫。唉，但願這能成為讓他們感興趣的契機。

「——呃，跟我一起來的人在等，我差不多要失陪了。」

我看準時機，如此向他們開口。

憑年輕人特有的溝通力，難保不會講出：「之後還請老師跟我們一起去吃個飯……」因此我希望趁早做個交代。

即使對方是我的書迷，也不能繼續讓他們剝奪我跟此方約會的寶貴時間。

「啊，不好意思。原來老師有伴啊，我還以為老師是獨自來的。」

「咦……」

我朝四周張望。

此方跑去哪裡了？

「那麼老師，我們先走了～」

漫畫研究會的眾人匆匆離去。

我拿著好幾本書杵在原地。

（這麼說來，今天我沒看過此方跟我以外的第三者交談。）

只有一兩次的話，還有可能辯稱是去上廁所，然而唯獨有旁人在的時候，此方就會像這樣不見人影，這符合常理嗎？

（——難道說，此方果然是我妄想出來的存在？）

以往的疑心又浮現腦海。

（不不不，但是，這實在不可能啊。畢竟遙華小姐也看得見此方，還像這樣傳LINE跟我聯絡。）

我姑且拿起手機確認。

的確，社群軟體還留著遙華小姐的訊息。

如果是我在精神上陷入絕境，跟囚禁我的此方兩人獨處的那段日子也就罷了，如今有第三者目睹這些，顯然可以肯定她是存在的。

（……可是，等一下喔。假如遙華小姐的存在本身就是出自我的妄想呢？誰能幫忙證明此方確有其人？畢竟要自導自演社群軟體的訊息也很容易……）

即使說現在是男女平等的時代，少年漫畫雜誌的編輯還是有九成以上是男性。

在這種環境下，我的責任編輯卻是一位年輕美女。而且，她的性格甚至善良到願意設身處地為我這種落魄的漫畫家著想，這有可能嗎？

（不會吧……假如遙華小姐是我想像出來的編輯，我當漫畫家也是妄想嗎？）

多麼殘忍的現實。

若是這樣，拜託讓我沉浸於美好一點的妄想吧。

反正都是妄想，也可以讓我在夢裡成為能催生《芙立亞》這種傑出作品的天才作家吧？

「……有買到好書嗎？」

「——唉。此方，原來妳在啊。」

我放心地捂胸。

「因為，剛才好像來了很多人。」

此方有些過意不去地說。

我把書結完帳離開。

即使在入夜以後，都市的夏天依舊悶熱。

我們朝著車站走去。

為了避免對此方造成負擔，我稍微放慢腳步。

她悄悄地揪著我的衣袖跟在後頭。

從勾手臂或牽手降級成揪衣袖，大概是因為她對剛才擱下我感到愧疚吧。

「我姑且確認一下，今天我跟別人講話時，妳會消失蹤影是因為怕生嗎？」

「嗯。畢竟萬一對方突然找我講話，我也不曉得該怎麼回應。突然要跟初次見面的人交談，我也辦不到……」

此方用鞋尖踢飛柏油路面上的小石頭並嘀咕。

「是嗎？妳不用勉強自己，但拜託別一聲不吭就跑得無影無蹤，會讓我窮擔心啦。不想講話的時候，妳可以拽我的袖子或打個暗號。」

還好這次沒出什麼事。一想到要是此方發生意外或碰上麻煩，我就操心不已。

「對不起。」

「呃，妳明白就好——話說，這樣妳平常買東西沒問題嗎？幾天前妳不是才到超市買了食材回家？收銀員總會問妳『需要購物袋嗎？』或『請問有沒有點數卡？』之類的吧？」

「因為超市有自助式收銀啊。」

「剪頭髮呢？」

「我會先找好『不找客人講話的美髮店』再去。反正只要隨便找一張模特兒的圖片給美髮師看就可以剪得不錯。」

真的假的？漫畫裡出現「麻煩幫我剪成像照片裡的模特兒那樣」這種橋段的話，必定會是「剪完不合適而失望透頂」的情節模式。不過此方天生麗質，所以跟美髮師那樣溝通也照樣管用嗎……

「你失望了嗎？」

「失望什麼？」

「我是個這麼不中用的女生。」

「我是不至於失望，但是考量到妳的將來，讓自己變得能跟各種人交談會比較好。」

我坦白講出自己的想法。

「是嗎？」

此方垂下目光。

「——但是，一想到只有我知道妳這麼會講話，老實說我內心也有點高興。」

我稍微感到害臊地補充說道。

「……是嗎？」

此方抬起臉，然後又挽了我的手臂。

就這樣，我跟此方的約會結束了。

算是有所收穫嗎？

這要等我試著畫成漫畫才會曉得。

同居第14天

醒來以後，已經將近中午。

看來昨天光是在街上繞了一陣子，就讓運動不足的我累了。

吃完遙華小姐幫忙煮好放著的早午餐，然後把基於跟此方約會想出的改進方案大綱簡潔歸納成一張Ａ４紙，用電子郵件寄給在公司上班的遙華小姐。

當我忙著這些的時候，上完半天課的此方就回來了。

她換下制服，改穿昨天逛街買的衣服給我看。

我一邊稱讚「很適合妳」，一邊悠哉地處理目前可以著手的工作，還跟此方聊起昨天買的資料書籍，度過了祥和的時光。

傍晚報時的聲音響起後，此方便開始準備做飯。

遙華小姐似乎會稍微晚歸，因此我們先吃晚飯。

當我喝完餐後茶的時候，遙華小姐回來了。

「讓老師久等了。不好意思，可以讓我一邊吃飯一邊回饋意見嗎？」

洗完手漱過口的遙華小姐朝我問道。

「啊，好的，我完全不介意，但至少吃飯還是放鬆點比較好吧……」

「感謝老師體貼。不過，當成是在外頭研討的話，就算邊吃邊談也無妨喔。」

遙華小姐把冷掉的青椒肉絲端進房裡，沒加熱就吃了起來。

「——所以說，我想讓約會劇情著重於被女主角拉著到處跑的過程……因為這陣子肯帶領、包容主角的女主角似乎有其需求。」

坐在她對面的我依據昨天跟此方取材所得，口頭補充之前提出的資料內容。

「嗯……是的，能包容主角、有母性的女主角確實受歡迎，但這不代表省略主角的主見會是好的做法。少年雜誌在某方面來說是以保守價值觀構成，因此我想在這段情節還是不要胡亂冒險，照慣用手法讓主角全心引領女主角就沒問題。畢竟他在家裡受到支配，連在外頭也唯唯諾諾的話，故事發展未免太合乎預料。」

「原來如此。我覺得妳的意見很有道理，不過要表達主角連精神都被女主角掌控，像這樣描寫是否能夠成立呢？」

「照這樣的話無法成立。因此，要讓讀者乍看下以為是主角在引導約會，直到末尾再揭曉那些都是出於女主角的誘導及灌輸。我認為那樣比較可以表達出意外性以及女主角的瘋狂。」

「原來如此！感覺那樣確實比較有趣。」

我拍了膝蓋表示贊同。

「那就錯了！」

在我旁邊的此方說了重話，並且砸也似的將裝著麥茶的杯子往桌上擺。

「喂，此、此方？妳怎麼突然這樣？」

我被忽然插話的此方嚇到了。

明明她最近都偏文靜，為什麼會突然開始像這樣唱反調啊？

「身為女友，我要保護你的作品才可以。」

此方凝望著我說道。

我們什麼時候變成男女朋友了？

該不會是因為出門約會過吧？

那終究只是取材耶。

「妳說錯了，是錯在哪裡？」

遙華小姐一邊用精準的比例交互吃著白飯與青椒肉絲，一邊問道。

「女主角才不會卑鄙到利用約會的場景自肥，她的行動原理都是本著對於男主角的支持。你們忘了她始終只為主角著想才行動的前提。約會是要讓男主角開心，並不是女主角自己為了取樂而計劃的活動。」

「嗯。此方，或許妳的理念是那樣沒錯，但就算老師這部漫畫的角色是以妳為範本，也不代表那便是妳本人。如果在漫畫裡照著妳說的情節安排，無論以驚悚劇或戀愛喜劇來看，都會讓女主角的形象變得薄弱，因此我不會採用。」

「不是為了有真實感才取材的嗎？他說的故事情節比較符合昨天的我們。」

「真實與真實感並不同喔。假如是紀實漫畫也就罷了，虛構故事需要的並非真實，而是真實感。此方，妳所說的屬於真實那一邊。」

遙華小姐斷然告訴此方。

「做編輯這一行不是要尊重漫畫家的意願才對嗎？我聽你們對話，就發現編輯小姐總是在否定他的主意，根本沒有要讓他照自己意願畫的跡象。」

「唉……尊重漫畫家的意願，跟隨便接納意見是完全相反的概念。我認為即使發言動輒讓漫畫家排斥，好編輯就是能建立讓彼此毫無忌憚地對話的關係。」

遙華小姐為難似的蹙眉，並且聳肩。

「可是，編輯小姐，到最後他全都只會聽妳的嘛。妳就是欺負他人好——」

「此方，話說到這裡就好。在開會的是我跟遙華小姐。」

我把手擺到此方的肩膀上說道。

「可是……」

再繼續放著不管，感覺她就會說出相當難聽的話了。

「此方，妳或許是我的頭號書迷，即使如此，妳終究只是書迷。如果我容許妳跨出界線，就沒辦法認同自己是職業漫畫家。」

我用不由分說的語氣告訴她。

「……」

此方沉默下來。

可是，隔著口罩也看得出她不滿地噘起嘴脣。

「不好意思，遙華小姐，我會先跟此方好好溝通。」

「是嗎……那麼，我先去洗澡了。」

遙華小姐說完，就端著吃完的餐盤從房間離開。

她應該是在體諒我們吧。

「……原來只要有女人肯照顧你，你就來者不拒。」

「啥？這話是什麼意思？」

「因為有比我更會煮飯，手又巧，還對漫畫相當熟悉的女人出現了，我就沒用處了嗎？」

「別講莫名其妙的話。遙華小姐不能代替妳，妳也不能代替遙華小姐。這是當然的吧。」

我反駁她那有欠中肯的疑慮。

她為什麼會冒出那種想法？我完全無法理解。

「……那麼，為什麼你都要聽編輯小姐說的話？作品是屬於你的吧，不是編輯小姐的。」

「那是因為遙華小姐身為漫畫編輯的能力已經讓我對她寄予全面的信賴啊。」

「為什麼？」

「……也對，光是聽我提到『信賴』，妳一下子也無法理解吧——唉。這件事情對我而言很羞恥，原本我沒有打算跟任何人說的，妳願意聽嗎？雖然會無聊到變成都是我在自述。」

「我想聽。」

此方朝我湊了過來。

「哎，說來老套——」

*　*　*

高中畢業後，志在當漫畫家的我來到了東京，立刻就帶著原稿開始跑漫畫編輯部。

跟眾多想當漫畫家的人一樣，我最先去了少年雜誌最具知名度的某間行號。

晚了三十分鐘應約看稿的編輯戴著眼鏡、略有福態，迅速翻閱過我的漫畫就斷言：「圖與劇情都有達到職業水準的低標，但是內容缺乏特色又平凡無奇，在我們這裡難有發展。」

當時我有點洩氣，不過還沒到意志消沉的地步。

哎，就算十幾歲的我年輕氣盛容易自我陶醉，對於本身的實力也不至於過度高估，甚或自認能被競爭率最高的那本雜誌接納。

因此，我立刻決定帶著原稿到其他編輯部自薦。

老實說，除了第一間，其他行號的規模都在伯仲之間，我就從取得聯繫的地方開始逐間拜訪。

第二個看稿的光頭編輯有準時到場。

然後，對方表示：「無可取之處，但也沒有不可取之處。儼然就是讀了漫畫之後會畫出來的漫畫，感受不到作者的中心思想，以重視成長性的新人而言，要採用有困難。」那位編輯留下這段話後，只交代「休息時間快結束了」就離去了。

第三間公司的編輯因為見面時間太短，我便不記得。不過，對方給的評語是：「我們這邊不需要只會追逐流行模仿皮相的漫畫。」至今仍鮮明地留在我耳底。

接著，等到被第四間公司的編輯臨時取消會面時，我已經完全喪失自信了。

每位編輯拒絕我的理由彷彿都是從同一個模子刻出來的，受挫的我就認為憑自己這種能耐到底無法成為職業漫畫家。

坦白講，當時我心裡已經想回老家了。

即使如此，既然都約好要看稿了，拖到現在才跟對方取消也不禮貌，我便拖著沉重的腳步前往排最後的第五間公司。

在那裡，我見到了遙華小姐。

跟其他編輯相比，遙華小姐花了約五倍的時間細讀我的原稿——

「謝謝。以結論來說，我認為你有可以琢磨的亮點。」

她這麼告訴我。

「真的嗎！」

我不禁訝異得站了起來。

「……呃，會帶來讓我看稿，表示這是你最有自信的作品吧？你為什麼這麼驚訝？」

「不、不是的，妳說得對，不過其他出版社的編輯都說我缺乏特色、沒有成長性、只會模仿流行的皮相，就讓我失去了自信。」

我搔搔頭，在大廳的椅子坐了下來。

「這篇漫畫，並不是隨便套用常見的故事劇情畫出來的吧。只是你想描繪的主題碰巧屬於早就被過度消費的題材。畫風呈現的平庸感，則是配合世界觀所導出的結果，並不代表你的畫力只有這樣吧？畢竟底稿的線條功力扎實，感覺也不是為了省工才這樣設計造型。會不會是因為你靈巧過頭，反而被當成在複製固定模式？」

「我、我不清楚自己靈不靈巧，但是我並沒有執著於這個類別，有許多題材我都想畫。雖然故事的部分還沒有理出頭緒，只看角色設計的話，就像這樣，還有這樣！」

我從包包裡拿出素描簿，向遙華小姐推銷自己。

「原來如此……我明白了。你很坦率呢。我認為以漫畫家而言那是一種美德。若有人說你平凡，那是指正面性質的『普通』。」

「謝謝。不過，『普通』這個詞會用在正面評價上嗎？呃，或許這算是我的偏見吧，感覺漫畫家給人缺乏特色就當不了的印象。」

「這個嘛，因為我手邊沒有關於漫畫家性格傾向的數據，沒辦法確定，但如果每個漫畫家都具備獨特的個性，當中有一個普通人在，反而會顯得獨特吧。」

遙華小姐用和緩的語氣說道。

當我看到她那具有包容力的溫柔笑容時，就決定要一輩子追隨這個人了。

可是，結果我靠那篇原稿改編而成的出道作，銷量簡直低得可笑。

其實對遙華小姐來說，我那部出道作正是她進公司以後第一次拉拔的作品。從其他相關人士口中聽聞這件事以後，我非常後悔自己害她在資歷上添了不光彩的一筆。之後我便拋開自尊與堅持，發誓無論怎樣都要畫出會熱銷的作品。

照我意願畫的出道作沒有獲得肯定，所以下一部作品，我極力克制自己的意見，全面接納遙華小姐的提議。我只能在遙華小姐稱讚過的「坦率」上賭賭看。

結果，那甚至被改編成深夜動畫，成了對我來說喜出望外的大紅作品。

我心想自己應該培養出一點實力了，第三部作品就試著放進約五成自己想畫的內容——結果卻撐不了多久就遭到腰斬。

雖然並沒有慘到砸鍋的地步，但銷量無法讓我長久經營，只能畫到第三集。

＊　＊　＊

「——所以說，如果沒有田中遙華這位編輯，我就不會成為漫畫家，妳所喜歡的作品也不會問世。此方，她比妳想像的還要尊重我的作品喔。我認為與其由我胡亂發揮特色，讓遙華小姐握有主導權才能讓作品幸福，所以我都會接納她所提出的意見。」

或許這世上也有才華洋溢得投靠任何行號、與任何編輯合作都能得心應手的天才存在，但我並不屬於那種人。所以，只要遙華小姐與Flare Comics仍需要我，我便打算埋骨於此。

「可是，我特別喜歡你主張自我的第一部與第三部作品。」

「妳有在聽我說話嗎？我試著努力過，卻賣不出去啊。」

「……即使如此，我還是希望你可以想畫什麼就畫什麼。」

「有書迷願意這麼說真的讓我很高興，但我畢竟是職業漫畫家，作品沒有一定程度的銷路就會沒飯吃。」

我苦笑著說道。

其實我並不是第一次收到像此方這樣的意見。

漫畫是種不可意思的玩意兒，越是賣不好的漫畫，越會遇到死忠的書迷支持。

「不然我來養你。」

「那樣的話，我就不叫漫畫家，而是小白臉了。不當漫畫家的我淪為小白臉，妳還能繼續以我的書迷自居嗎？」

「……難以抉擇。」

此方交抱雙臂低下頭。

竟然在猶豫嗎？

「總之，妳能以書迷的身分肆無忌憚地給我意見是很好。應該說，我很歡迎。不過關於商業連載這方面，我會聽從遙華小姐的意見。這並不是為了她，而是為了我自己，這一點我不會退讓，懂嗎？」

「——我知道了。」

此方靜靜點頭。

沾在杯外的水滴流下，濡濕了桌面。

同居第15天

作業很順利。

從整體內容來看，與其說是修改根幹，原本就比較接近於微調性質的作業，而約會場景令人擔憂的部分也靠實際取材的經驗獲得解決了。這應該是因為我並非靠理論，而是對人們在約會時的心情有了切身體會，況且多虧遙華小姐拍照留下的資料，要動筆也比較容易構思畫面。

照這種步調，肯定能趕上截稿日才對。

工作一有眉目，我也有了關心周遭的餘裕。

（此方該不會在沮喪吧？）

此方上完補課回來以後，就乖乖在房間一角翻開教科書。

要說她跟平時一樣，確實也沒錯，但我總覺得有股落寞的氣息。

（或許我昨天講話口氣重了一點……）

看此方情緒消沉，心情就好像看到被遺棄的小狗一樣，讓人無法置之不理。

（話雖如此，我總不能讓她直接參與連載的企畫——欸，等等，只要不是直接參與就可以嗎？）

「呃，遙華小姐。」

為了讓靈光一現的想法具體成形，我朝遙華小姐搭話。

「什麼事？」

遙華小姐從電腦前抬起臉。

「目前的工作排程，算是進行得相當順利吧？」

「是啊。截稿日在兩週以後，我想老師大概會有一週左右的空閒。」

遙華小姐點頭。

「這樣的話，我有個提議，能不能讓我在自己的社群網站帳號發表一篇劇情發展跟商業連載完全不同的《被陌生女高中生囚禁的漫畫家》ＩＦ版？以純屬自娛的形式。」

「ＩＦ版嗎……我懂了，最近的漫畫也很重視網路行銷，如果老師有餘裕，請務必發表看看。」

遙華小姐笑吟吟地說道。

「感謝妳允許。那麼，我會利用工作的空檔畫。」

話說完，我朝此方瞥了一眼——但是她沒有發現我的用意。

「啊～～不過，我有點擔心呢～～雖然說是自娛，內容還是要給所有人看，真希望有人能給我建議耶～～可是，總不能找遙華小姐討論工作以外的事情嘛～～有沒有合適的人選呢～～比方說，我的熱情書迷就可以協助吧～～」

我刻意像這樣喃喃自語。

「我、我可以！我來協助！」

此方維持坐姿，用老手搶歌牌一般的動作把身子挪到我面前。

「是喔，幫大忙嘍。有妳這樣的書迷提供建議，我就放心了。」

「絕對會是好作品。」

此方頗有自信地說道，視線還往上瞟向我。

「嗯，我們加油吧。但是，別妨礙到妳在學校的功課喔。」

「我知道了……還有，編輯小姐。」

隨後此方站起身，雙手扠腰並且瞪了遙華小姐。

「什麼事？」

遙華小姐迎面接下她那樣的視線。

「我想跟妳較量。」

「較量？」

「由我幫他監修的漫畫，要是能在社群網站獲得一萬人點讚，希望妳以後可以讓他多按照自己的意願來畫。」

「此方，我說過，連載的正篇內容還是要——」

「我明白。我沒有要求對連載內容做什麼具體的改動，只不過，他的特色比他自己所想的還要美好，我希望能讓人認同這一點，無論是編輯小姐或者他自己。」

此方懇求似的說道。

看來此方好像比我還相信所謂屬於我的特色。

不知道書迷是不是都像她這麼溫暖。

「可以啊。」

遙華小姐乾脆地同意了。

「這、這樣好嗎？」

我戰戰兢兢地問。

「當然可以。畢竟此方提出的條件實質上並沒有壞處，即使這不算工作，有個目標還是比較好吧。」

遙華小姐冷靜說完後，又回頭工作。

儘管這樣的發展有點出乎意料，有目標確實比較好。

雖說是自娛，我仍會努力讓許多人讀得開心。

「呃，那要不要立刻來想想社群網站連載的版本該用什麼概念？」

我詢問此方。

「來想吧。」

此方點頭如搗蒜。

就這樣，我跟此方也要一起創作漫畫了。

同居第16天

結果，我們談妥的做法是白天先畫屬於工作的原稿，等此方放學回來以後，再從事社群網站版的作業。

「我希望女高中生執著於漫畫家能有個理由。因為是書迷就要囚禁作者，我認為說服力有點薄弱，感覺需要某種能跟其他書迷區隔的獨特理由。」

晚上。

我一邊用鉛筆輕輕敲在素描簿上，一邊嘀咕。

昨天我有跟此方商量過，結果為了跟主打戀愛喜劇的連載版做出區隔，我們決定在這邊加強驚悚要素，卻想不出具體的方法。

「來自前世的命運。」

此方立刻給了我答覆。

「輪迴轉世嗎？經典到不需提及《火之鳥》。我個人也覺得這樣很有日本風味，給人諸行無常的感覺，我喜歡。或者說，當中有種韻味在。」

「對。再說轉生類作品符合最近的流行，應該會受歡迎吧？」

「呵……」

遙華小姐不由得發笑。

「怎樣？」

此方悍然瞪向遙華小姐。

「沒事沒事，失禮了。不用介意我，請你們繼續。」

遙華小姐簡單向我們賠罪後，便回去忙自己的。

「……關於你提議的劇情走向，我有個疑問。」

此方用有些含糊的語氣說道。

「什麼疑問？」

「要強調驚悚要素的話，照目前這樣會不會缺了些『敵人』？」

「缺敵人？對男主角來說，敵人是囚禁自己的女高中生吧？」

「？女主角是男主角的夥伴啊。」

此方歪頭表示不解。

「不對，這篇故事是以男主角的視角出發，所以要演到故事中段，男主角才會發現女主角是為了幫助他才囚禁他的吧。」

「……就算這樣，以戰鬥類漫畫來說，跟一名敵人對峙過以後，還要有新敵人以及強敵陸續出現才合乎應該要有的劇情發展，不是嗎？」

「嗯，也對。既然如此，劇情就必須這麼編吧：起初以為女主角是敵人，但男主角遭受各種外敵侵擾後才發現女主角其實是夥伴。」

「沒錯。比如從高中畢業後過了五年以上，至今還會定期跟男主角聯絡的老同學；只在兩年前買過一次用來素描的花束，卻死纏爛打一直寄卡片來的花店女人；記得這個漫畫家愛吃的炸雞部位，每次漫畫家去消費都會給優惠的肯德○店員；還包括同一間出版社的女漫畫家與編輯，出現在這個漫畫家身邊的女人除了女主角以外都是敵人。」

我的意見彷彿正中此方下懷，只見她深深點頭，並且開始滔滔不絕。

總覺得她舉的每個例子都好具體耶。

聽了好像心裡有數，又好像沒有。

「類似《楚門的世界》那樣嗎？全都是安排好的？以驚悚劇來說也許可行。」

「對吧？因為男主角被六次元生命體選上，其存在相當於帶領人類昇華至高次元的救世主。想妨礙他行動的魔神巴爾陣營為了強化束縛其肉體的鎖鏈，才對他發動美色攻勢。但是只有女主角屬於跟他命運相繫的天王星人，所以能靠真愛引導男主角——」

「妳、妳等一下。我現在就做筆記。」

此方的靈感源源不絕。

哎，感覺太誇張的部分不刪掉實在過不了關，但是基本方針就像此方說的這樣……大概吧。我並沒有把握，不過社群網站的好處就是可以隨意放漫畫上去當風向球，不行再撤掉就好，總之先試著畫畫看。

同居第17天

今天同樣要進行漫畫作業。

將完成的部分提交給遙華小姐後，在等待回應的這段期間，我也試著畫起社群網站版的原稿。

話雖如此，我不敢突然直接上正篇，便試著用摘要的形式把昨天此方講的劇情梳理成型。風格就像常見的電影預告片那樣，製作成約兩頁的漫畫。

我附上「實驗中」這句話，然後立刻把畫好的漫畫上傳到社群網站測風向。

迴響緩慢，不過到了傍晚——此方放學回來的時候，就出現幾則留言了。

『這是在向膽〇黨致敬？』

『老師的精神狀況有點令人擔心。』

『感覺作者喜歡唐納・〇普。』

讀者給的回應不太理想。

與其稱之為負評，感覺大多是陷入困惑的留言。

「——所以嘍，照這種概念繼續畫，似乎並非上策。」

我把手機朝向此方，一面給她看實際得到的回應一面委婉地表示難色。

「是嗎——對不起。老實說，我對社群網站上的潮流並不熟悉。」

此方低下頭說道。

真的假的？妳明明駭入我的電腦動了一堆手腳。

不對，在網路跟蹤人，還有在社群網站上畫一篇衝流量的漫畫，所需的知識並不能相提並論吧。

「哎，別介意。我們再多試試吧。」

我輕鬆說道。

「好……我會研究在社群網站上受歡迎的是哪種漫畫，你等一下。」

此方這麼說完就埋首於她自己的手機。

「老師，你們那邊似乎討論完了，請問可以換我回饋意見嗎？」

遙華小姐彷彿看準了時間向我搭話。

「啊，好的，當然沒問題。工作優先，請不用介意我們，隨時都可以插話。」

「不要緊，因為談這些並不會花太多時間。原稿絕大部分的內容就我收到的版本來看都ＯＫ。細節我先在原稿上附了建議，希望老師能確認。」

「感謝妳。」

我點了頭，然後確認遙華小姐傳來的數位檔案。

工作這邊依舊進展順利。

「……」

此方蹙起眉頭，身體隨之顫抖。

如果是在漫畫裡，我會想替這一幕加上「唔唔唔……」的狀聲詞。

此方要跟身為職業人士的遙華小姐在編輯這方面的工作上較勁，感覺是有勇無謀。不過，我也不忍心對此方潑冷水，使沒有多說什麼。

同居第18天

此方說到做到，立刻就著手研究在社群網站上讓漫畫爆流量的訣竅。

她從早上便一手拿吐司、一手玩手機，放學回來以後也一邊用活頁紙寫筆記，一邊緊盯著社群網站。

「我不懂。為什麼……？」

此方瞪著手機頻頻歪過頭。

「怎麼了？」

「我正在比較爆流量的漫畫還有流量沒起色的漫畫，可是有的作品怎麼都無法讓我服氣。」

「讓我瞧瞧，哪篇哪篇？」

我把身體轉向一旁，重新面對坐在身邊的此方。

換成時尚或課業的話，我什麼建議都給不了，但是跟漫畫有關我就有自信。

「首先是這篇。圖畫得精美，劇情也有起承轉合。」

此方把手機畫面轉向我。

「的確。這算是畫力高於平均，也有用心照規矩畫的漫畫。」

我一邊翻頁一邊表示贊同。日常生活中對異性感覺到的細微心動感，漫畫裡表達得很好。

「是吧？然後，你再看這篇。」

「嗯嗯。原來……如此……」

我看起此方指出的下一篇漫畫，隨之語塞。

突破「※內含敏感內容」的警語以後，我輕滑螢幕，就看到了露骨的色圖。

還真是挑戰尺度。

簡直色到若有差錯，帳號難保不會就此凍結的程度。

「圖很難說畫得比剛才那一篇好，也沒有把劇情收尾，可是流量壓倒性地多。

為什麼會這樣？」

「呃，的確，底稿本身是剛才那篇的功力比較扎實，這篇則是上色的技法巧妙……劇情方面應該是刻意省略過程，交由讀者自行想像。」

我費盡心思像這樣委婉回答。

當著花樣年華的女高中生面前，我總不能直接回答：「因為這篇漫畫色爆了，流量就跟著衝上去了。」何況這會構成性騷擾。

基本上，色圖的流量未必與畫技成正比啊～即使底稿多少畫歪了，還是可以靠著上色蒙混過去，再說這種創作也重視情境或點子。

「但是，你說的上色或技術細節，普通讀者看不出來吧？劇情方面也是，最近的漫畫應該要把重點放在好理解又說明詳盡才會受歡迎……」

「呃，一般的漫畫或許是這樣沒錯，但這種情況要算特殊案例……」

就算不是行家，一樣能分辨情色漫畫的優劣。先不管技術方面，畫色圖重要的是「看了會硬」。

不過，這屬於只有男人才能懂的感覺。我該怎麼用理論向此方說明？

「——唉……老師似乎難以啟齒，所以由我代為回答吧。要找理由固然可以找到，但是歸根結柢，妳問的這兩篇漫畫流量衝得高或不高，差別單純在於流量高的更能用圖象與情境勾起性方面的慾望——說穿了就是『夠色』。畫技略佳的圖是贏不過色圖的，能打動人類慾望的內容有它單純厲害的地方。」

遙華小姐手拿空茶杯站起身，瞥向我們這邊嘀咕。

「是嗎？」

「我認為就是那樣沒錯。」

我用雙手捂著臉答話。

雖然我沒有任何過錯，卻因為覺得男人的生物本性好像受了責備而害臊起來。

「我明白爆流量的理由了。但是，他的漫畫就算不靠那種膚淺的手段，還是會有許多人看。」

「關於這一點，我也贊同妳的意見。情色固然好賣，銷量還是有固定的上限，因此我希望老師能更上一層樓。我們首度有了共識呢。」

遙華小姐這麼說完就走向廚房。

「……再讓我收集一下情報。」

此方又瞪著手機說道。

「好，隨妳收集到滿意為止！」

我認命地叫道。

既然這樣，我就奉陪到底吧。

同居第19天

「拿生活常態當題材？」

我如此嘀咕。

在我手邊有一份用釘書機釘好的活頁紙報告。

全是此方親手寫的。

她一回到家就興沖沖地把這份報告塞給我，可見相當有自信。

「對，分享生活常態。這在影片分享網站或社群網站都很有人氣吧？」

「拿生活常態當題材確實可以期待有穩定的人氣。妳是要我畫『漫畫家生活常態』嗎？」

畢竟會對「囚禁生活常態」產生共鳴的人未免太少。

「按照調查的結果，我發現『漫畫家生活常態』有太多競爭者。漫畫家想不出題材就會立刻把腦筋動到『分享自己的生活常態』對吧？」

此方搖頭回答我。

那確實都不用取材，也容易讓圈內的編輯或同行產生共鳴，大家往往會拿來畫啊～～

「……聽了真令人汗顏。不然，妳要我畫什麼樣的生活常態？」

「女高中生的生活常態。」

「女高中生的生活常態不是也被人一畫再畫了嗎？」

「『由大叔想出來的女高中生生活常態』相當氾濫，可是，由女高中生本人構思的寫實女高中生常態並沒有那麼常見啊。先不提隨筆性質的漫畫，劇情漫畫尤其少見。」

此方，那是妳即使觀察到也不能說出來的想法。

「哎，為了營造出角色的真實性，好讓讀者產生親切感，靠『女高中生生活常態』來充實漫畫內容或許也不錯啦。」

「對吧？所以嘍，我就把自己想到的生活常態題材整理成那篇報告了，你可以隨意利用。」

「好，我會心懷感激地使用。」

「呼……那麼，我要去做晚飯了。」

此方一度朝天花板仰起頭，然後一邊散發出成就感一邊走向廚房。

「好，謝謝妳。」

說著我便拿起報告翻閱。

『女高中生生活常態1：往往會介意占卜的結果。』

（喔！好有女高中生的感覺。）

『結果不好的話，往往會去調查占卜師的底細。而且，往往會詛咒對方。』

（咦，是這樣嗎～～？女高中生是這樣的嗎～～？）

『女高中生生活常態2：來接送的賓士往往會停滿校門前。偶爾有普銳斯就會覺得可愛又暖心。』

（呃，這應該僅限於櫻葉吧。一般學生都是搭電車或騎腳踏車通學吧？）

我在心裡對報告的內容吐槽。

哎，當成千金小姐的生活常態就切題了嗎？

『女高中生生活常態3：往往會喜歡年長的對象。』

（這就滿像青春期女孩了。）

『往往會想知道對方的一切，往往會收集對方的頭髮或用過的衛生紙。』

（不不不，這也是反常的吧？這麼說來，我被囚禁的時候，此方就用夾鏈袋收集過我的頭髮。）

後面此方整理的「女高中生生活常態」寫到二十項左右。

在我看來每一項都不甚貼切，但我又不可能知道女高中生的生態，或許意外地就是她寫的這樣。

（反正連載的原稿都交出去了，感覺遙華小姐在公司暫時也不會給我回應，趁現在能畫就先畫吧。）

總之，我決定排除顯然不太妙的題材，然後整理成芳〇社風格的四格漫畫來觀望讀者有什麼反應。

『實驗2　女高中生生活常態　或許會立刻刪掉』

像這樣畫出防線以後，我才把漫畫上傳到社群網站。

大概是因為四格漫畫好懂，滿快就有了迴響。

『女高中生……生活常態？』

『假扮異常者的隨筆漫畫在某段時期紅過吧。這算衍生的亞種？』

『要是千金女高中生跟蹤狂實際存在就很有夢想。』
『也就是主名老師身為黑長髮美少女ＪＫ的可能性是以微粒子單位存在的？』
『真相猶在。（※隨附我受訪影片的截圖）』
『那是因為主名老師害羞不希望拋頭露面，就僱了看起來像漫畫家的大哥代為接受採訪啦。』
『高水準的情報戰。』
『假如作者真的是女高中生，就是沒經歷過還裝懂耶。』
看來姑且不提四格漫畫是否可行，以生活常態題材而言似乎得不到好評。
此方看了這些感想或許內心會受傷，趁早整串刪掉吧。
不久，此方做好了飯菜，我們便坐到餐桌前。
今天吃馬鈴薯燉肉啊。似乎很美味。菜色之所以略偏和風，該不會是在跟遙華小姐對抗吧？
還有，遙華小姐傳了訊息表示：『今晚不確定是否能回去，請老師先行就寢，不用介意我。』
她好像很忙。

「漫畫畫好了？」

「是啊。我稍微試著用妳的點子畫了四格漫畫上傳到網站，不過反應好像不上不下。即使概稱為女高中生，還是會有地區間的差異，比如屬於升學取向的學校或其他取向的學校，觀點就各有不同。」

我稍作粉飾以後才回答。

「的確，鄉下跟都市的女高中生肯定不同，關西與關東的女高中生也會有差異——對不起，這次的點子還是不行。」

此方一邊用筷子切開鬆軟的馬鈴薯一邊低頭。

「不，我認為著眼點本身不錯喔。實際上，讀者給的反應也比起初的輪迴轉世設定好，有逐漸在改善啦。」

我如此打圓場。

「……也對。我會加油。」

此方閉緊嘴脣，然後這麼說了。

我們吃完晚餐以後，又互相聊起了新點子。

遙華小姐並沒有回家。

同居第20天

遙華小姐到家是中午過後的事。

「妳回來了——遙華小姐，妳該不會整晚沒睡吧？」

一向從容的她很難看出疲態，但還是掩飾不了充血的紅眼睛。

「……不好意思，讓老師擔心了。很抱歉突然這麼說，但我近期內似乎沒辦法回來這裡過夜。真的對不起。」

遙華小姐沒有回答我的問題，只是深深低下頭致歉。

氣氛非比尋常。難道她遇到什麼麻煩了嗎？

「呃，同居一事完全不要緊，但是原稿……」

「老師的原稿已經達到足以在企畫會議上提出的水準，因此只要將之前回饋的部分修過，應該就沒有問題了。倒不如說，透過住在一起得以增加跟老師互動的次數，甚至讓我出了太多意見……」

遙華小姐忙著將行李裝進行李箱。

只是要跟我聯絡的話，用電話或郵件都可以，她應該是來拿這些東西的吧。

「我了解了。呃，至少，要不要吃過此方做的三明治再走？」

「感謝老師的關心。不過，我還在趕時間——失陪了。」

遙華小姐再次低頭賠罪，並且拉著行李箱從屋裡匆匆離去。

（感覺遙華小姐真是辛苦——如果我能幫上什麼忙就好了，然而，我不過是漫畫家罷了。）

假如我是她的同事，或許還能夠做些什麼。

不過，我並非編輯，我到底只是她負責接洽的漫畫家之一。

純屬交易對象，彼此的關係就是這樣而已。

（我能做的頂多是盡快完成原稿，好讓她安心吧……）

如此下結論以後，我便致力於連載用的原稿。

大約經過了一小時，我忽然有尿意。

（就算是夏天，水分好像補充得過頭了點。）

我從座位起身，快步走向洗手間。

方便過後，在回房間的途中，我驀地感覺到視野邊緣不對勁。

（這是……手機？好險，差點踩下去……我看這是遙華小姐的吧。）

既不是我的手機也不是此方的手機。用刪去法推斷，只有可能是遙華小姐的。

從位置來想，難道是她坐在玄關準備穿鞋時，從口袋掉出來了嗎？

遙華小姐應該走得就是那麼急。怎麼辦？她正在傷腦筋吧。

（總之，先打電話給編輯部好了。）

好幾年沒有直接打電話到編輯部了。

手機裡姑且也存了編輯部的電話號碼，但我擔心有變更，就確認了遙華小姐寄來的郵件，然後撥信末記載的聯絡電話。

有點令人緊張。

『Flare Comics編輯部，您好。』

「不好意思，我叫主名　公人。可以麻煩幫我把電話轉接給我的責任編輯田中遙華嗎？」

『好的。請稍候。』

可以聽見等候轉接的音效。

『您好，我是田中。』

不久後傳來的答話聲跟我熟悉的嗓音完全不同。

具體而言，那是感覺輕浮的男性嗓音。

「呃，那個……電話好像沒有轉接到遙華小姐的分機耶。難道說，你是田中修二先生？」

我說出了自己的推測。

Flare Comics有兩位編輯姓田中。正因如此，我才會叫遙華小姐的名字。

『是的！我還在想：「主名老師怎麼會聯絡我？」大概是新人聽見「田中」，就搞錯分機了。真抱歉，最近有很多年輕人不擅長電話應對。』

「原來如此，或許我剛才講電話的聲音也小了一點……所以，呃，請問遙華小姐在嗎？」

『她剛好有事外出耶。有什麼需要轉達的話，我可以代勞。怎麼了嗎？』

「那就謝謝你了。呃，遙華小姐來我家洽公以後，手機好像忘記帶走了，因此我想盡早聯絡一聲會比較好。」

我不清楚遙華小姐是否有對上級提過同居這件事，就用了避重就輕的說詞。

『這樣啊！不好意思，讓老師特地聯絡。她會出這種紕漏還真稀奇。』

「是的。至少我從來沒看過遙華小姐像這樣疏忽。」

我誇張地強調「從來沒看過」的部分。

用意在於替遙華小姐說話，不過，她確實是第一次在我面前出這種錯。

『就是啊～哎，畢竟折尾老師那邊好像也讓她忙壞了～所以才會發生這種事吧。』

「咦！折尾老師嗎？請問是怎麼一回事？」

『啊，她沒跟老師提過嗎？糟糕～能不能請老師當作沒聽見？』

田中先生用尷尬的語氣說道。

編輯當中也有口風鬆與口風緊的人。

遙華小姐屬於後者，他則是前者這一型。

「不行耶，尋常作家也就罷了，既然是說到名滿天下的折尾老師，沒那麼容易就能忘啊！這樣會讓我好奇得睡不著覺，拜託你告訴我吧～～」

我用有如奸商諂媚貪官的口氣說道。

即使問遙華小姐本人，她也絕對不會透露才對，想取得情報只能趁現在。

『我想也是～～哎呀～～我們在電話裡聊聊就好，拜託老師可別說出去。其實折尾老師的原稿似乎要開天窗了。』

田中先生壓低音量嘀咕。

「咦咦！折尾老師會那樣嗎！」

我張大嘴巴驚呼。

換成普通漫畫家的話，「作者因取材休刊一回」的狀況時有所聞，然而折尾老師是以連載十年來一次都沒有讓原稿開天窗而聞名的。

不曉得究竟出了什麼事。

『呃，我是沒聽說詳情，不過首席助手好像突然帶了一群老鳥走人，工作室裡頭據說鬧得很凶。』

「唔哇……原來如此，那真是不得了。」

並不是所有漫畫家都會請助手，然而折尾老師的作品屬於高作畫成本的奇幻作品，況且線條又那麼精細，缺了助手應該無法維持連載吧。這表示遙華小姐正在拚命設法找救兵嗎？

『狀況不妙啊。假如說，身為招牌作家的折尾老師連載開了天窗，我們雜誌的銷量就算下滑兩成也不奇怪，責任編輯大概也會被追究責任吧～～啊，這些話麻煩老師要保密喔。』

「這當然。」

我盡可能佯裝平靜答話，內心卻受了動搖。

老實說，我沒想到事情會這麼嚴重。

『拜託嘍。那麼，手機的事等她回來我就會轉達～～還有什麼其他問題嗎？』

「沒其他事了，不要緊。」

『這樣啊。啊，老師這次的短篇很有趣，令人期待之後的新作。那麼，我就先去忙了。』

對方隨口留下幾句奉承話，通話就此結束。

後來不到一個小時，遙華小姐回來了。

「老師！一再回來打擾，實在抱歉。」

「辛苦妳了。這個——」

我向遙華小姐遞出她的手機。

「謝謝。」

遙華小姐立刻接過手機確認，然後按了按眼窩。

「折尾老師找助手的問題，應該很難處理吧。我也希望能幫上忙，無奈我自己人脈並不算廣……」

說來羞愧，我跟人交流溝通的能力也不高。有過度怕生的此方在，就常會忘記反觀自己，但我到底是個不喜出門的繭居族。

「為什麼老師會知道折尾老師的事情——這麼說來，接電話的是田中啊……那麼，內情都外洩了吧。」

遙華小姐帶著苦瓜臉說道。

「啊，田中先生姑且交代過要保密，請妳別怪罪他。不過，印象中在折尾老師那邊當助手，薪水條件相當優渥吧——啊，查到了查到了。唔哇，時薪比上次看的還高，差不多三倍行情耶。這樣的話，應徵者不是要多少有多少嗎？」

我用電腦開啟助手的徵才網站並說道。

如今漫畫助手跟其他職業一樣，已經進入可以上網求職的時代了。

雖然說，還是有透過編輯居中斡旋的情形，但普遍都是由漫畫家自己決定薪資條件來僱用助手。

「是啊。應徵者多歸多，不過……」
遙華小姐意有所指地嘀咕，然後垂下目光。
「呃，該怎麼說呢，感覺運氣真不好。」
我安慰似的開口。
因為不清楚其中詳情，我只說得出這種陳腔濫調。
「不，與其說是運氣，這是我自己的過失……」
遙華小姐苦笑。
「是嗎……」
被當事人這麼一說，我便不好再多說什麼了。
她會犯下這種讓助手團隊同時離職的過失，實在令人難以相信。不過，我想自己是無權深究的。
——當我思索這些時，遙華小姐的手機震動了。
「……讓老師多費工夫聯絡，我很抱歉。不好意思匆忙間又要趕著離開，老師應該不介意吧？」
遙華小姐朝手機瞥了一眼說道。

「啊，是。我才要道歉，講了這些無謂的話拖住妳。」

「不會，能找回手機，老師幫了大忙。那我先走了。」

遙華小姐站起身，並且旋踵。

她把手機湊到耳邊，朝玄關門口走去。

「……是。不，所以說，沒錯。我理解您的心情，但那實在——」

我只能默默地看著她那嚴肅的聲音逐漸遠離。

……

……

「——因此，遙華小姐或許不會再回來這裡了。」

傍晚。

我立刻跟放學回來的此方報告剛才發生的事。

「是嗎？」

此方並沒有做出什麼反應，只是在桌上攤開教科書。

「……此方，妳看起來似乎沒有很高興耶。之前妳跟遙華小姐合不來，我還以為她走了以後妳會更高興。」

「……一半一半。」

此方一邊拿鉛筆在講義上書寫，一邊嘀咕。

「一半一半？」

「編輯小姐不在了令我高興，可是因為你一臉難過，我也會跟著難過。所以，兩種情緒各一半。」

「是嗎？原來我有露出那樣的臉色？」

「有。」

「抱歉。即使我陷入消沉，對事情也沒有幫助嘛。」

我按摩自己的臉以便改換心情。

處理連載的原稿花了好一陣子，吃完此方做的晚飯，還跟她討論社群網站的漫畫，忙著忙著就十點多了。

（睡前先收個郵件吧……）

我打開電腦。

當然，手機裡也有裝郵件軟體，但是除了特定人物——家人、遙華小姐與此方——以外的來信通知我都關掉了。

如果收到閒雜郵件手機都會響，我就不能專注於工作。

（這一封信是廣告，然後這封是罐頭訊息，要設為垃圾郵件。廣告、廣告、廣告、罐頭訊……咦？）

我機械性地點著郵件的手指停住了。

『要不要來當助手？ 折尾 米洛』

以委託工作的郵件而言，主旨寫得格外直截了當。

然而，上頭附的筆名對我來說卻不容忽視。

（本尊嗎！……還是騙人的罐頭訊息？呃，可是，我也沒聽說過有罐頭訊息會假冒知名漫畫家的名義。）

因為不放心，我姑且試著搜尋寄件者的電子信箱。

乍看下似乎沒有危險性。

將正文點開來瞧瞧。

『你好你好，我是米洛。

雖然已經是滿久以前了，我們在頒獎典禮的派對上說過話對吧？還有，當時出版社續攤是在髒兮兮的普通居酒屋嘛，那裡的石狩火鍋有夠難吃～到現在偶爾還會成為我的夢魘呢。

主名老師，當時你好像提過自己很喜歡芙立亞，那你現在還是我的書迷嗎？如果是，希望你能過來當一下我的助手。

寫郵件好麻煩，要是你覺得ＯＫ，就把我的Discor〇帳號←加進好友吧。就這樣～～』

（看來這是折尾老師本人寄的。）

我有把握。

在Flare Comics的漫畫家之間評價極糟，因而成為傳說的續攤店家。

一言以蔽之，那就像缺錢的大學生心想「能無限暢飲就好啦」才會去訂位的店家，端上桌的全是些濫竽充數的菜色。

因為我味覺窮酸就沒有太大的不滿，然而據說在一部分漫畫家之間還煞有介事地造成了「或許Flare Comics的經營狀況不太妙」的話題。

哎，既然對方知道這些，至少可以肯定是相關人士不會錯。

「真的假的……」

「怎某落嗎？」

牙刷插在嘴裡的此方歪頭表示不解。

「折尾老師要委託我當助手。」

我聲音顫抖地嘀咕。

「那怎麼辦呢？」

此方漱過口後把水吐到流理臺，然後說道。

（正常來想，我應該跟遙華小姐聯絡才妥當，但是那樣的話，當助手這件事絕對會告吹吧……）

遙華小姐堅稱「我不能勞煩老師來幫忙善後」的模樣浮現於眼前。

「……總之，我想先聽聽看詳細情形。」

我回覆了折尾老師的郵件，信中意旨是「當下我沒辦法立刻答應，不過希望可以在明天見面談談」。

折尾老師立刻又回信給我，大意則是「全天24小時都無妨，請用Discor〇聯絡我」。

（不知道折尾老師什麼時候睡覺……）

我一邊想著這些一邊躺到地上。

當天晚上，我感覺到像是遠足與大考前夕同時來臨的興奮和緊張，好一陣子都無法成眠。

同居第21天

隔天，我送此方出門以後，就一面猶豫何時跟折尾老師聯絡才好，一面漫不經心地工作。

左思右想煩惱到最後，在一般企業肯定已經上班的十點多，我點開通話軟體，試著用聊天功能傳了『我是主名。請問，現在方便談話嗎？』的訊息過去。

折尾老師立刻發來通話邀請，我便戴上耳機組。

『辛苦嘍～～好久不見～～大約五年沒見了吧？』

透過通話聽見的開朗嗓音簡直親切得像對待學生時代的好友那樣。

確實如折尾老師所說，我們大約有五年沒見。

這兩年因為社會情勢無法開派對，而我在三四年前忙於繪製改編動畫的作品，根本沒空參加派對。

「是、是的。老實說，突然收到郵件讓我嚇了一跳。」

『是喔？我也一樣。之前我向遙華拜託過幾次，想叫你過來當助手，卻被她拒絕了。我就想說乾脆自己跟你聯絡。』

透過耳機組傳來喀、喀喀喀的清脆聲音。

那是我也很熟悉的聲音。

她現在應該也在繪製作品吧。

「這、這樣啊……不過，為什麼要找我當助手？」

『嗯～～總之，這你看得懂嗎？』

對方在聊天欄附加了圖檔給我。

是折尾老師的親筆原稿耶！

（——現在不是高興的時候。我忍不住就興奮起來了。）

原稿上畫了手抓字條、戴著兜帽的刺客風格男子。所用的文字，當然是折尾老師自創的虛構語言。

「綠洲的水下了毒。」

我立刻回答。

『對對對！這點訊息，看了就要懂嘛。身為我的書迷當然要懂吧。』

「是、是嗎？」

因為我是折尾老師的熱情書迷，還買了Fanbook增進對《芙立亞》作中語言法則的理解，才答得出來。不過，我們現在是在談請一般助手吧？

『那麼，接著換這一題。你試著反過來將日文改寫成亞斯喀普文看看？』

折尾老師用聊天功能傳了「王不會讓百姓挨餓」的訊息給我。

……

（呃，亞斯喀普文在設定上是因為初代皇帝有識讀障礙，只寫得出鏡像文字，景仰他的臣民便將那套鏡像文字相承至後世，所以我把《芙立亞》的中世共通語做鏡像翻轉處理就行了吧？）

首先，訓讀的漢字只保留部首，音讀的漢字則保留部首以外的筆劃，連接詞則寫成片假名再縱向對切——然後用工具軟體把這些做鏡像翻轉。

「這樣對嗎？」

我趕著用繪圖軟體寫出答案，再把處理好的圖片上傳。

『正確答案！看嘛，這算簡單的測驗吧？可是，有七成來應徵助手的人就這樣被我刷掉了耶。明明應徵條件有寫「將折尾　米洛的《芙立亞》讀到最新章節」，你不覺得奇怪嗎？』

我想即使讀完《芙立亞》，也未必能掌握當中的語言體系。

想歸想，像我這種拚命在爭取重回連載陣容的小咖漫畫家，才不敢吐槽偉大的折尾老師。

「呃，就算那樣，還是有三成的人過關吧？」

那種時薪應該有不少人會應徵，就算只錄取三成，人數也會很可觀吧。

缺了首席助手確實很傷，但應該立刻就能召集到替補的助手。

『嗯！我立刻僱用他們，還想放手把工作交派下去，可是每個人都說「我辦不到！」就逃掉了。簡直莫名其妙嘛。』

「呃，能不能讓我看看寫了指示要助手處理的原稿？」

『好啊～～』

又有圖檔透過聊天功能傳來。

凶猛異形的草圖。這是敵方亮相的場景吧。

那麼，折尾老師下的指示是——

『背景：新宿牛郎界第二人在首次贏過頭號牛郎的早上靠毅力吃完加量加料拉

麵後朝展示櫥窗吐出來的混有頂級香檳的嘔吐物那樣的感覺。』

這寫的是什麼跟什麼啊？

「那個，恕我冒昧建議，少用比喻句，然後針對要用的網點編號或色調指示得更清楚一點會不會比較好？」

我有所節制地吐槽了。

『咦？不會吧，真的假的？主名老師，你講的跟遙華一樣耶～～既視感？』

「要說是既視感，不如說是一般論……」

『你聽我說，要寫的話，我也是可以用一般方式下指示喔。不過那樣的話，我想呈現的意境就連七成都表達不了啊。要百分之百表達出來只能這麼寫嘛。』

折尾老師用篤定的語氣說道。

（這就是折尾　米洛嗎……）

我被對方的職業意識之高打敗了。

既然要用助手，就不可能交出完全照自己想法的圖。

非得找個妥協點才行。

及格線設在幾分會因漫畫家而異，但折尾老師將標準設得太高了。假如我的標準是75分，她的門檻大概就是98分。

「或許是那樣沒錯……原本那幾位助手能照這樣的指示作業，反倒讓人覺得敬佩，尤其是首席。」

『也對啦～到底是我的第一任編輯嘛～』

「咦？」

『對啊。因為呢，我的第一任編輯原本志在當漫畫家。那個人從《芙立亞》還沒登上連載時就很愛擺架子，還提了一堆意見，像是「改成男性主角」或「畫成異世界轉生作品」之類，我全都不理就直接找總編硬拗到底，後來作品熱賣讓我的前編輯在部門裡待不下去，我才提議「不然你乾脆來當我的助手嘛」，就讓他向公司請辭了。』

「原、原來有這種祕辛啊……真是厲害。」

連我身為《芙立亞》書迷也不曉得的震撼真相。編輯部大概是覺得不光彩就掩蓋了這一段歷史吧。

『啊，不過那個人成為首席助手以後，還很高興年收入變成了當編輯時的三倍喔。』

「那位首席助手跟老師關係這麼好，為什麼會突然離職啊？」

『我就是搞不清楚這一點啊。硬要說的話，嗯～～大概是因為截稿日逼近，我還要求原稿全部重畫吧～～確實是有點辛苦啦～～不過為了改善作品，還能怎麼辦呢～～』

折尾老師用毫不愧疚的語氣說道。

「……那就是助手離職的原因？」

『對啊。』

「呃，所以並不是遙華小姐犯了什麼錯？」

『你說遙華嗎？她沒有任何錯啊。反而是拜她給的建議所賜，我才發現了原稿有畫壞的地方。』

「這樣啊……」

果然遙華小姐並沒有過失。

自己指出的問題意外成了折尾老師決定大幅改稿的原因——遙華小姐應該是對此感到有責任吧。很像她的作風。

從編輯部的觀點，或許還是會把過失算在她身上，但至少我敢斷言遙華小姐身為責任編輯做了正確的事。

『所以嘍，你覺得怎樣？願意當我的助手嗎？願意吧？主名老師，畢竟你現在閒著嘛，對不對？』

折尾老師以不容分說的調調說了。

「咦？呃，為了發表新連載，我姑且也有原稿要交到企畫會議討論，目前還在收尾階段就是了……」

『這樣啊。可是，你手邊已經有短篇的原稿了吧？我有讀過啊。要修改那篇作品，花一兩天就夠了嘛。假設你是在本月底截稿，還是有一週左右的空閒啊。』

折尾老師理所當然似的一口咬定。

我這種凡人的工作步調，要是拿去跟身為天才的折尾老師相提並論也很困擾。

「……不好意思，讓老師撥冗面談還這麼說實在很抱歉，但是請再給我一點時間。因為我無論如何都得先找人商量，才能決定是否能當老師的助手。」

『遙華嗎？』

「是的。除了她以外，還有另一個人。」

『雖然不清楚你那邊的狀況是怎樣，但我明白了。不過呢，主名老師，你會過來當我的助手。』

「有、有什麼根據嗎？」

『沒有，但我的直覺很靈──掰。』

折尾老師「呵呵」地留下懷有自信的笑聲，通話隨之結束。

我傳了訊息告訴此方與遙華小姐：『關於到折尾老師那裡當助手一事，我想找妳們討論，可以的話請在下午兩點到我的房間集合。』

假如我答應當折尾老師的助手，不知道此方會有什麼反應。至於遙華小姐──

在我想東想西的過程中，時間轉瞬即逝。

「我回來了。」

此方用無異於往常的平淡口吻說道。

「噢，妳回來了──」

我從椅子起身，舉手回應。

「呼……呼……呼……老師！我聽折尾老師說：『主名老師會答應當我的助手，沒問題。』請問是真的嗎？」

喘吁吁的遙華小姐晚了此方幾秒鐘打開玄關的門。

接著，她直接推開此方走進房裡。

「呃，可是我還沒回覆自己會答應。」

「太好了。那麼，就由我幫老師先拒絕這件工作。」

遙華小姐安心地呼了氣，然後拿出手機。

「請等一下。雖然我還沒做決定，但我是在考慮要答應對方。我好歹也是自營業者，應該有權自由選擇工作吧？」

意料中的反應讓我講出事先想好的回答。

（即使我明說「希望能幫到妳的忙」，遙華小姐也會表示不敢當吧……）

將情緒性的善意強加給遙華小姐，只會加深她的愧疚感。

既然如此，唯有用邏輯讓她接受。

「那是當然了。不過，老師目前應該專注於自己要連載的原稿，我認為在這個時期毫無理由去當其他老師的助手。」

遙華小姐交抱雙臂靠過來，並且向我施壓。

「嗯～～比如賺零用錢？」

「老師又不是揮霍無度的那種人，要說在金錢方面有困難，我沒辦法心服。之前改編動畫時的存款應該夠多吧。」

遙華小姐冷靜地反駁。

「不過，要是妳因為這次的過失被要求去職負責，原本要提拔的新連載說不定也會跟著泡湯啊。」

「我不會被革職。在漫畫創作裡會有開除編輯的情節，然而現實是編輯人手不足。就算是折尾老師的連載出狀況，如果開一次天窗就要將人革職，職場會無法運作的。」

遙華小姐聳肩告訴我。

「是啊。不過，妳被調離目前部門的可能性並非為零，即使沒有發展到那種地步，如果妳在編輯部的地位受損，我的新連載不也會變得難以過關嗎？」

Flare Comics檯面上以「只要有趣就百無禁忌」為信條，不過就跟其他眾多雜誌一樣，編輯之間的地位並不平等。

既然公司是營利企業，有成績的編輯提案當然會比沒有成績的編輯容易通過。

「唔，我確實無法說不會發生那種事——此方，妳不阻止老師嗎？妳重視的老師即將被無能編輯害得將工作拋到一邊喔。難道，妳不會怒火中燒嗎？」

遙華小姐詞窮般把話鋒轉向此方。

「……要說的話，我當然火大。為什麼編輯處於支持他的立場，反而給他添了麻煩呢？太不合理了吧。」

此方說完就把麥茶倒進杯子，然後一飲而盡。

「我半個字都無法反駁呢。請妳盡情數落，再多說一點。趁現在的話，我覺得自己能接受任何臭罵。還有，等妳罵夠以後，麻煩也幫忙勸老師重新考慮。」

「……要罵妳，我有用不完的詞，但要不要阻止他是另一回事——我重新問一句，你想當折尾老師的助手嗎？」

此方把杯子擱到流理臺以後，才朝著待在房裡的我接近而來。

「是的。我有意願當折尾老師的助手。」

我立刻回答。

「為什麼？」

「之前我也說過，我無法想像自己跟遙華小姐以外的編輯合作，萬一我的責任編輯變成別人就困擾了。當然，我也有心幫遙華小姐的忙，不過這並非單純做義工，而是對自己有必要才想做。」

「因為這樣而已嗎？」

「……坦白講，我對折尾老師用什麼方式創作有興趣。去了大概會吃苦頭，但是從天才的作業手法也能學到很多才對。那樣的經驗絕對有益於我的創作。」

「是嗎？那就好。」

此方立刻回答。

「我、我可以去嗎？」

遙華小姐的反應在我的想像範圍內，但此方這樣的反應就出乎意料了。

老實說，我還以為會受到更大的反彈。

「假如你沒有把自己放在第一思考，我肯定會反對。不過，只要是你為了你自己而做的事情，無論如何我都會支持，哪怕你要當其他漫畫的助手。」

「謝謝妳，此方……不過，如果要當折尾老師的助手，我們正在討論的社群網站版連載就——」

加入折尾老師的助手陣容以後，作畫工作將以她那邊為主，若有等候指示的空檔，我才會利用時間修改自己的原稿吧。當然，那樣就沒時間畫社群網站版的連載自娛了。

「那邊的內容，我們隨時都可以接著討論啊。可是，這邊的工作非得現在去做吧。」

此方用輕鬆的調調答話。

然而，她緊握的拳頭道出了她自己有多遺憾。

「抱歉。此方，我欠妳一次恩情。」

「你沒欠。因為我只是希望你能隨心所欲畫自己想畫的東西。」

「即使如此，我還是很高興。」

「……要是有什麼我能幫忙的事情，你儘管說。」

此方嘀咕。

現在並不是該客氣的場面。

「好！——所以嘍，遙華小姐，我要當折尾老師的助手。」

我向此方用力點了頭以後，就重新轉向遙華小姐宣言。

「……好吧。既然老師的心意這麼堅決，我也不會再多說什麼。對不起——不對，感謝老師的好意……我會盡快找到助手團隊，折尾老師就麻煩你關照了。」

遙華小姐深深低下頭向我致意。

「好的！——不過，現在還不確定我當助手能不能派上用場啦。」

我搔搔頭說道。現在講得這麼冠冕堂皇，到時候要是派不上用場該怎麼辦啊？

「憑老師的能力不會有問題。」

「如果對方有意見，我不會善罷甘休。」

她們倆口徑一致地說。

雖然不曉得她們對我為什麼會過度信賴成這樣，但我希望能回應這樣的期待。

我立刻寄了主旨是想當助手的郵件給折尾老師。

馬上就收到回應了。

明天起一日工作十六小時的助手勤務就此敲定了。

同居第22天

就這樣，從早上六點開始，我身為折尾老師助手的生活開始了。

我起初以為應該可以利用空檔畫自己的原稿。

然而，很快地我就被迫體認到那是天真的想法。

「第6頁完成了。」

『感覺相當不錯。沙漠與森林的邊界，替我改成像「明知道退流行了，卻刻意繼續梳七三分頭的部長」就好。因為目前這樣感覺比較像「沒發現自己跟不上時代還自視甚高的自稱單身貴族梳的油頭」。』

「呃，這塊區域曾有古代文明存在，因此留下了當時所受的魔法影響，是不是要讓畫面呈現出的影響看起來比現在再深一點？比方說——詛咒與祝福依然在此生生不息的那種感覺？」

『對對對！——畫完以後再換這張。』

（每項工作都來得好快……）

原稿陸續發下來，對方的回應幾乎不需要等待。

我實在抽不出時間忙自己的事。

雖然看到原稿的指示曾讓我懷疑眼睛，但只要像這樣跟折尾老師確認，應該就可以履行助手的工作。當然，前提是當助手的人具備一定的畫力，對於折尾老師的品味也有所理解。

（話雖如此，原來她是在工作時都會跟助手保持通話的類型……這樣的話，大概會讓來幫忙的臨時助手感到排斥吧。）

應該也有人覺得隨時可以發問是好事，不過，似乎有更多人覺得時時受老師監視而喘不過氣。

如果要這麼密集地進行溝通，還是必須直接聘請助手，把他們調教——訓練到願意獻出心臟的地步吧。

（我模仿不了。這是專屬於折尾老師的管理制度啊——）

我以為能學到些什麼才決定下海當助手，卻覺得一直遭到名為才華的暴力狠狠教訓而備受煎熬。

心境猶如面對大象的螞蟻。

即使如此，我仍設法緊跟對方作業的腳步。

時間轉眼即逝。

我第一次被退件，是在下午三點。

『這套衣服，全部都要重畫。照這樣實在不能交稿。』

瑪莉絲與哈利姆在舊衣店大街購物的場景。

雖然找到了時髦振袖風格的衣服，卻因為不適合當旅行的裝扮而放棄購買。

如此的一段戲碼。

「不好意思。說來慚愧，時尚方面是我不擅長的領域，還有待進修。」

我老實地招認。既然我接下助手的工作，辦不到的事就要明說辦不到才行。

『呃，如果當成普通的服裝，這樣交稿還不至於太糟糕喔。可是，這一幕是我希望講究的場景……華麗程度也就罷了，高貴感不足呢。將來我打算把這套衣服的部分布料用來做瑪莉絲的新娘裝，所以不能將就了事——』

「慢著慢著慢著慢著，請不要跟我透露劇情。」

我連忙打斷折尾老師說的話。

從原作者口中聽到自己期待的漫畫會有什麼後續劇情可不是鬧著玩的。嚴重程度相當於得知〇祕寶的真面目。

『咦？主名老師，你是不能接受劇透的那種人啊？我可是被劇透也一樣能享受作品耶。』

「總、總之，我會試著找一下資料——像這套怎麼樣？」

我在網路上搜尋婚禮服裝的圖片，然後傳給折尾老師。

『嗯～感覺不是我要的耶～比照皇族或英國王室婚禮那樣就太過頭了～～這套衣服僅止於地方豪門或小國公主沒落以後，將衣飾變賣而流入民間的印象。』

「嗯～我好像能體會個大概，但是一下子找不到理想的資料。請給我一點時間。」

以地球來講，《芙立亞》是將舞臺設定於中東與西洋交會的獨特文化圈，當中還摻了和風元素，因此要斟酌樣式實在不容易。

我多花了一點時間找資料。

將小康階級舉行婚禮的圖片彙整後，再寄給折尾老師。

『嗯～都不是我要的。喜慶的服裝固然有喜慶感，但是這個民族在辦喪事時也會穿同樣的服飾喔。所以，當中也會帶有一絲哀傷的元素。要舉例的話，就像是「住在東京都港區白金台的女孩因為父母覺得要見見世面比較好，就多費心思讓她到公立學校就讀，結果她在同學之間格格不入，過生日都沒有朋友來慶祝時所穿的衣服」。』

獨特的舉例又出現了。

「等、等一下，我試著重畫看看。」

後來我數度改稿，結果都無法過關。

我決定暫且擱下這套服飾的問題，先進行其他作業。

『謝嘍～～作業大有進展。那麼，明天見。』

「好的。請多關照。」

從工作獲得解放是在晚上十點。

接下來，我得處理自己要交的原稿。

「辛苦你了。」

「啊，此方，謝謝妳。」

此方像是看準了時機，替我端來加熱過的晚餐。

其實我想仔細品嘗滋味，卻沒有那樣的餘裕，只能狼吞虎嚥把食物塞進胃裡。

「對了，助手的工作基本上都算順利，可是有個地方我怎麼樣都畫不好。」

「服裝的部分？」

「對。妳都聽到了嗎？」

此方從補完課回來以後就一直在我身邊默默念書。

當然，我跟折尾老師的對話也都傳進她耳裡了。

「……我們學校的家政科走廊有陳列出歷屆畢業生的新娘禮服，不嫌棄的話，你要參考看看嗎？如果有需要，我可以從學校直播給你看。」

此方拘謹地低聲告訴我。

「咦？櫻葉是升學取向的學校吧？原來也有家政科？」

「基本上是以升學為重心，不過也有給所謂上級國民？讀的家政科。學校收到了許多書念不好卻希望頂著櫻葉學歷的人捐款。」

「……這樣啊。經營名校也滿辛苦的耶。」

「所以，你是想看？還是不想看？」

「呃，當然想看。不過妳沒關係嗎？拍攝那些服裝的話，八成會醒目得受到旁人注意耶。」

「……羞恥歸羞恥，我能為你做的事情頂多只有這些。」

此方毅然決然說道。

「謝謝妳！折尾老師一定也會很高興。」

我忍不住探出身子，牽起此方的手。

「呵呵，明明不是為了自己的作品，你看起來卻好開心。」

此方淺淺一笑。

「對喔，說得也是。不過，能創作出好作品果然很開心。或許這就像畫圖者的本能一樣。」

我放開此方的手，然後望著筷子前端說道。

「哎，是很符合你的作風啦。」

此方說著就在我的杯子裡添了麥茶。

同居第23天

隔天，我處理自己的原稿直到清晨，並在補眠約兩小時以後又開始當折尾老師的助手。

不久，過了十二點，就接到此方撥來的視訊通話。

我認為直接讓折尾老師看比較快，就把自己的手機朝向網路攝影機，堅守替此方轉播畫面的崗位。

『就那套！中間那套有紗麗風格的禮服！唔唷喔喔喔喔喔！那恐怕是超過兩百年前的布料耶！連出產國都保留不多的珍品！之後幫我拍大量照片存底。啊，衣袖與背後都要記得拍喔！』

折尾老師的反應可不只是高興而已。

她一邊怪叫一邊開始在畫面前蹦蹦跳跳。

從電腦畫面可以看見她脖子以上的部位不時會跳出鏡頭。

『我明白了。』

『麻煩妳嘍～～啊，還有那邊的凱爾特風格禮服也要！話說妳們學校會不會太厲害？如果是文金高島田也就罷了，怎麼會連外國的結婚禮服都有呢？』

『櫻葉會接納海外的王室成員或是富豪子女來當留學生，所以彼此有深度的來往。』

『什麼啊！好像漫畫設定中會有的學校！之後再安排唯一的男學生進去就讀的話，立刻就是一篇後宮戀愛喜劇了嘛！』

折尾老師拍手笑了起來。

『男生不允許入學，但是聽說學校會接納戶籍為男性的跨性別者。』

此方語氣認真地回話。

我想折尾老師剛才的發言單純是在打趣，即使忽略掉也無妨，不過此方的本性大概就是這麼直吧。

『娉孩子嗎！太棒了！啊，我問妳喔，高中女校裡果然會有百合之類的情形嗎，百合？千金小姐之間會不會邊喝紅茶邊嬉鬧？順便幫我拍一下ＪＫ的上課畫面好不好？』

折尾老師接連問個不停。

『……』

怒濤般的問題攻勢似乎讓此方招架不住而沉默了。

「老師，要是拍攝其他學生上課的狀況，此方難免會被校方訓話，請不要這樣為難她……」

我如此開口緩頰。

『咦～～可是主名老師，你跟那個櫻葉的女學生交情很好吧？表示有正牌ＪＫ任你畫耶，這樣會不會太奸詐啊？可以因為嫉妒就報警判你死刑嗎？』

折尾老師把戲弄的矛頭轉向我這邊。

雖然有餘裕時還能應付，但幾乎徹夜未眠的我沒有那種精神。

倒不如說，折尾老師趕工作畫的睡眠時間應該比我更刻苦，為什麼她會這麼有精神啊？

不對，她大概是被逼急了才情緒亢奮吧。

「老師，拜託饒了我吧……像這樣，連我都有點想逃離助手的崗位了。」

我半說笑半認真地告訴對方。

這也是我輕率踏入天才的戰場所受的報應嗎？

『威脅我？你在威脅我嗎？既然這樣，我也有談判的材料喔。』

「談判的材料？」

我沒理由被折尾老師威脅。

即使被她知道我跟此方認識，她也不曉得我們住在一起。

『對啊！主名老師，你走的話，我的連載就會開天窗喔！那樣你也甘願嗎？』

「呃，為什麼折尾老師的原稿開天窗，會變成對我的威脅？」

『咦？因為只要是我的書迷，最怕的就是讀不到《芙立亞》的後續劇情吧？』

折尾老師理所當然似的如此斷言。

對自己的作品有著絕對的自信。

或許這種心理素質才是我最該效法的部分。

「……總之，現在的問題在於服裝。我們趕快設法解決吧。」

要跟折尾老師辯，我覺得自己終究講不贏，就把討論帶回正題了。

『也對！呃，基本款式以那套紗麗為主，造型採用凱爾特服飾的調性。你要畫得像被羅馬亡國的凱爾特巫女那樣——』

我記下折尾老師的指示。
然後參考此方傳來的照片畫出造型。
到最後，折尾老師親自修改過，總算才完成了這套構成問題的服裝。

同居第24天

『照這個步調似乎趕得及在明天的死線完成呢。』

「是的。最後衝刺，讓我們加油吧。」

今天我也在當折尾老師的助手。

大概是我原本的性格就適合當小弟，明明才第三天就已經適應得像是被她使喚了好幾年，辛苦歸辛苦卻很自在，有種莫名的安穩感。

喀嚓——有開門的聲音。

是此方嗎——結果我想錯了。

「老師，辛苦你了。這些是我帶來的補給品。」

遙華小姐兩手提著超商購物袋來到我這邊。

「好的，感謝妳。」

我如此回話並且用眼神致意。

『剛才那聲音，是遙華嗎？』

「是的。折尾老師也辛苦了，之後我同樣會過去您那裡。」

遙華小姐稍微提高音量答話。

『ＯＫ。那麼，我先休息個三十分鐘好了。反正通往校對完成的路途已經明朗了，以淑女而言我也覺得自己一個星期沒洗澡的體味實在有點瀕臨極限。』

「辛、辛苦了。」

通話切斷了。

我卸下耳機組，伸了個大懶腰。

「老師，折尾老師這件事已經看見光明了。首席助手那邊，我應該也能設法把人請回來。即使沒辦法說服所有的一般助手，勉強還是能湊到半數……」

遙華小姐端坐在地上，用感慨萬千的語氣嘀咕。

「是嗎？那太好了──啊，這個我收下嘍。」

我打開遙華小姐帶來的營養飲料，一口氣飲盡。

雖然有藥味，我總覺得效果就是來自這種獨特的氣味。

我把營養飲料的瓶子擱到地上，然後用手指推拿脖子與肩胛骨之間的肌肉。

熬夜果然會對眼睛與肩膀造成負擔。

二十幾歲就這樣，不知道年紀再大一點會變得如何。

將來或許有點堪憂。

「我來幫老師按摩肩膀吧。」

遙華小姐起身，站到我的後面。

「不用了，那怎麼好意思——……妳技術真好。」

痛雖痛，卻又舒服的絕妙指壓。

那巧妙的指法紓解了身體的疲倦，進而勾起睡意。

就小寐一下吧。

…………

「你們在做什麼？」

冷冷的聲音突然落到頭上，瞬間讓我睜眼定睛。

此方無聲無息地就站在那裡。

明明是夏天卻讓我起了雞皮疙瘩。

「沒事，這只是一點服務。我希望讓老師在短暫的休息時間盡量放鬆。」

「那是我的工作。」

此方推開遙華小姐，站到我後面。

（好痛，痛痛痛痛痛。）

痛得像是肩膀的筋都要被扯出來了。

力道太重，而且指甲大概也稍微扎進去了。

此方真笨拙耶。

「那麼，還是讓我煮個飯吧。」

「那一樣是我的工作。」

「是嗎……此方，不嫌棄的話，妳要不要吃些點心？聽說妳為折尾老師取材貢獻了相當多。既然妳為我負責的作品盡了一份力，我也該回饋些什麼才行。」

遙華小姐從超商購物袋裡拿出了軟糖及餅乾零食遞給此方。

「……不需要。」

「是嗎？哎，我有想到妳會這麼說。過去主名老師的作品製作了一批用於促銷的展示物提供給專賣店，我姑且帶了當時的那些非賣品過來，妳不要嗎？」

「那我想要。」

此方用野貓般的靈敏動作從遙華小姐手中霍地搶走展示物，並且收進書包。然後她又回來幫我按摩肩膀了。

「那麼，肩膀就交給妳吧。我來幫老師按摩腳。畢竟長時間一直坐著不動，會有罹患經濟艙症候群的風險。」

「……那樣的話，我勉強可以容忍。」

此方猶豫了片刻才說道。

「那麼，老師，請把腿伸開來。」

「好、好的。」

我輕輕把腿伸開。

揉揉揉。

揉揉揉揉揉。

揉揉揉揉揉揉揉。

（她們倆願意關心我固然令人高興，不過，其實我是希望能偷閒睡個三十分鐘也好啦。）

想歸想，看她們兩個全心全意在按摩，我就什麼都說不出口了。

同居第25天

任何事物都有結束的一刻。

「最、最後一頁，我照指示完成了。」

晚上九點前。我用發抖的聲音進行業務報告。

『好的……嗯……很好很好——OK～雖然有需要微調的地方，不過剩下的我這邊處理起來游刃有餘，不用你協助了。辛苦嘍～～』

「老師辛苦了。」

我大大地呼了口氣。

『真的謝嘍。主名老師，你好猛耶，一個人就提供了首席助手×2的勞力，搞不好你屬於天才型助手喔。要不要直接留在我這邊工作？年收保證有兩千萬。』

「哈哈哈，老師的好意我心領了。」

我立刻回答。

很高興對方肯誇獎，但唯有答覆這件事我是不會猶豫的。

『咦咦～～？我開的價碼比前任首席助手多五百萬圓耶。』

折尾老師用不滿似的口氣擅自爆料別人有多少年收。

不過，這樣啊？兩千萬嗎？

與其當個作品不暢銷的漫畫家，我改當助手確實會更有賺頭吧。不過，我又不是想賺錢才以漫畫家為志業。

「就算會窮得啃桌子，我還是打算當漫畫家直到被遙華小姐拋棄為止。」

『是喔～～主名老師，那似乎　生無望嘍～～相較於遙華拋棄你，感覺你回應不了她的期許而在壓力下鬧失蹤的機率還比較高。』

折尾老師遺憾似的說道。

「拜託別把未來講得好像真有那麼一回事。這不是開玩笑的。」

一開始我還會客氣，如今就敢毫不猶豫地吐槽了。

連我都對自己的適應力感到害怕。

哎，被此方囚禁的生活也挺快就習慣了，相較之下這只算普通而已。

『哈哈哈哈，亂說的啦。老師你不要緊的，遇到困難的時候，我想一定會有人幫你。老師，你的天命肯定就是如此。』

「這又是直覺嗎？」

『對，直覺。』

折尾老師立即回答。

口氣依舊隨興。不過，她的靈感似乎很準，就當作是那樣吧。

話說回來，短暫的助手生活就這樣結束了啊。

「——折尾老師，我有件事想請教妳。」

『什麼事？』

「……遙華小姐是最棒的編輯，對吧？」

趁著能跟折尾老師交談的稀有機會，我拋出自己一直藏在心裡的問題。

『當然啊，這還用問？』

折尾老師立即回答。

「說得對呢。我問了笨問題。」

聽完折尾老師這句話，讓我內心相當滿足。

『……一般來講，只要不是跟拉拔作品的第一任編輯合作，第二任以後的編輯接手已經暢銷的作品，往往就會變成只負責跟漫畫家收取原稿的機器人。畢竟就算主動給建議讓作品變好，功勞也會算在漫畫家身上，萬一出了意見還讓銷量下滑，就會被追究多管閒事的責任。基本上，編輯也是人，總還是希望推銷由自己拉拔的新作品，把心力放在那上面。但是，遙華不一樣。即使只是接手我的作品，她也沒有嫌麻煩，還敢於正面挑戰我。這樣的編輯可不好找呢。真的，我很感謝她。』

折尾老師用懷有敬意的語氣說道。

「原來如此……我能懂那樣的心情。折尾老師，雖然我並不像妳那麼有人氣，但是我的作品賣不好時、改編動畫時、之後再度被腰斬時，遙華小姐對待我的態度始終都一樣誠懇。」

面對所有負責接洽的作家，都願意誠懇地為作品效力。

口頭上說起來簡單，能予以實踐卻是非常非常值得敬重的。

『然後呢？互相確認過遙華有多棒以後，我要回頭談工作了喔。這次請你當助手的酬勞，我該把錢匯到哪裡？瑞士銀行的戶頭嗎？』

「我並不是傳說中的殺手……呃，可以的話，助手費請不要支付金錢給我，用物品代替好嗎？」

『物品？你不要現金？』

「是的。呃，比如老師親筆繪製的瑪莉絲手稿附簽名，能夠收到這樣的酬勞我就很高興了。」

我含蓄地如此表示。

『咦？好啊。我完全沒問題，可是這樣就夠了嗎？』

「這樣才好。啊，當然了，我想老師現在還是很忙碌，因此任何時候補給我都不要緊。」

『不會啊，我立刻就能畫出來。何況等之後校稿完畢，我大概一睡死就忘記了。話說回來，原來是這樣啊～～！主名老師，你真的很喜歡我耶～～！』

折尾老師開心地這麼說完，還發出格格笑聲。

我屬於將作品和作者分開來思考的那一型，所以精確來說，我喜愛的是《芙立亞》，而不是折尾老師。

當然，折尾老師身為同行是讓我感到尊敬——不過撇開這份敬意的話……哎，感覺她是個有毛病，卻讓我無法討厭的人吧。

「感謝妳！我會期待的！」

不過，我也不必特地說這種沒禮貌的話吐槽對方，就先坦然表現出開心了。

『ＯＫ！我畫完以後就會寄過去，等我約一個小時～～』

折尾老師輕鬆說完以後便切斷通話。

連日處於半熬夜狀態，我的睡意已經達到臨界，可是折尾老師的插畫太令人期待，使得我無意就寢。

當下我也實在沒有餘力著手處理自己的作品，只好吃飯、刷牙、了結掉一些瑣事，但我在每個空檔都會忍不住確認是否有新的訊息傳來。

不久我沒事可做，因而打掃起房間時，通話軟體有了反應。

『謝嘍～～下次還有狀況的話再麻煩你了～～』

圖檔隨著如此的訊息傳來。

看了以後，我拍響手掌。

（哇！她真的幫我畫了！人物還穿著我筆下作品的女主角服裝！聯名合作！聯名合作！）

世上無疑只有這麼一幅，專屬於我的瑪莉絲。

光是看到這張圖，我就覺得當助手的辛勞都有了回報。

（馬上印出來吧——不對，我還沒買印表機！要跑一趟超商才行。）

我興奮地跑到便利商店。

把圖檔輸出為可供列印的最大尺寸Ａ３，順便加購無痕雙面膠，然後回家。

折尾老師親筆繪製的瑪莉絲立刻被我貼到了牆上。

我茫然看得出神。

「……你在做什麼？」

有聲音傳來。

回頭望去，洗完澡的此方正一臉納悶地看著我。

「此方，妳看這個！折尾老師幫我畫的！瑪莉絲！專屬我的瑪莉絲！」

我指著牆上的圖說道。

「…………這個要沒收。」

此方徐徐站到我面前，無情地動手將瑪莉絲的圖從牆面撕下。

「為什麼！這是我的打工費耶！」

「……我要把這當成自己的打工費沒收。」

「咦？啊，妳確實也需要有勞動的對價。好吧，打工費我另外付給妳，麻煩把那張圖還我！」

「不行。」

「就說了，為什麼不行！」

「……崇拜偶像是有罪的。」

此方嘀咕過後，就細心地把我的瑪莉絲折起來收進書包。

依舊讓人摸不著頭緒的行動。

（啊，不行。瑪莉絲被搶走以後，精神一鬆懈，突然就愛睏了。）

我隨便攤開折好的棉被。

（哎，反正原始圖檔好好地存在電腦裡面……）

「總之，晚——安。」

我倒頭在被褥躺下。

之後我的意識便逐漸淡去，速度快得幾乎沒有記憶。

同居第26天

早上，我在十點左右醒了一次，身體卻還留有倦怠感與睡意。

上完廁所，補充過水分以後，我立刻又睡了回籠覺。

「嗯……」

當我再次醒來時，外頭已經變暗了。

（糟糕，連載用的原稿要趕快處理。）

我急急忙忙地打算起身——

「唔啊！」

有種被揪著脖子拖回去的感覺讓我跌坐下來。

（啊，這感覺有點令人懷念。）

我反射性地摸向頸子。

有冰冷金屬的觸感。

「啊，你醒了？晚飯就快好了。」
此方從廚房匆匆趕過來說道。
她似乎正在做飯，手裡握著菜刀。
「此、此方？這條鎖鏈是？」
「你有點發燒，今天就這樣好好休息。」
「呃，先不談休不休息，這條鎖鏈不需要吧？」
「咦？可是不這樣做的話，你絕對會忙工作啊。」
此方用充滿把握的語氣說道。
果然，對於用鎖鏈限制我的行動，她似乎沒有罪惡感。
「但是，截稿日要到了耶。」
「不行。感冒像之前那樣拖久了，讓你病倒就得不償失了啊。」
此方語氣嚴厲地用手比出叉叉，然後回廚房去了。
菜刀的刀刃在電燈下閃閃發亮。
「……哎，她說的也有道理。」
我乖乖躺進被窩。

實際上，雖然說時間並不充裕，單純作畫的話，我已經規劃好到截稿日為止的流程了。

不過唯有一個部分存在著小小的瓶頸，我找不到靈感。

換句話說，我一邊休息一邊還是可以找靈感，做這種工作不用待在桌前。

如此方所說，與其讓發燒拖久而病倒，好好休養應該也是個辦法。

「煮好嘍。」

此方用托盤將清涼的玻璃容器端過來。

附了黃瓜、番茄及火腿等配料的烏龍冷麵。

意思是要我吃些好消化的菜色吧。

「噢，謝謝妳——那個，筷子只有一雙耶，而且也沒有小碟子可以盛……」

我撐起上半身問道。

「你在說什麼呢？有我來餵你，就不用筷子和小碟子了吧？」

「欸，我的身體狀況實在沒有糟到那種地步。」

「聽我的就是了。」

此方不知從哪裡拿出了菜刀。

既然晚餐煮好了，刀具是不是可以先收走？

我如此心想，不過此方是為了我才會做這些，陪她玩一下家家酒也好吧。

「那、那就恭敬不如從命。」

「啊～」

「啊……啊～？」

我張開嘴巴，然後咀嚼有聲地吃著此方用筷子夾起來沾過醬汁的烏龍麵。吃蛋包飯之類也就罷了，烏龍麵會讓醬汁濺到嘴邊還有衣襟，這樣像極了小嬰兒，因此我很難為情。

「老師！辛苦你了！折尾老師的首席助手已經決定正式歸隊——請問你們這是在做什麼？」

遙華小姐趕著進到屋裡，便用納悶的眼神看向我們。

「老師說為了理解實際遭到囚禁的漫畫家是什麼心情，他想實地體驗看看。」

此方擅自替我回答。

我不記得自己說過那種話。

「原來如此。真是熱衷取材呢——總之，折尾老師的原稿完成了，找回助手一事也有了眉目，因此從明天起，我又可以回來替老師的漫畫掌舵。誠摯感謝老師幫忙。還有，最後這段衝刺，讓我們一起努力吧。」

遙華小姐輕易地接受此方的說詞，還微微擺出打氣的手勢。

「好、好的，我會加油。」

我挺直背脊，吞了吞有著柴魚高湯香味的唾液。

同居第27天

我一股腦兒地修改連載要用的原稿。

好好休息過一天，趁現在已經取回絕佳狀態，我覺得自己可以畫出最理想的原稿。

「遙華小姐，修正的原稿畫好了。」

我把原稿傳給面前的遙華小姐並說道。

「容我拜讀……是，我認為內容很不錯——老師，短短幾天不見，你的畫力提升了呢。」

她佩服似的告訴我。

「咦？有嗎？我自己不太清楚，或許是多虧當了折尾老師的助手，才提高了我在作畫方面的技術與速度。」

大概是拜她所賜，讓我被迫適應了天才作畫的荒唐速度吧。

工作量理應相當繁重，但我在心情上甚至還能放鬆。

「因禍得福呢——這話由我來說是有點不妥，總之，照這樣的速度肯定來得及在開會之前完成。」

「是啊。唯獨女主角在最後的臺詞，我怎麼想也想不到適合的內容就是了。」

「哎，臺詞到最後一刻都還可以修改，老師先把其他部分完成吧。」

「好的！」

我淡然逐頁修稿。

到了十二點，我便停止動筆。

配合遙華小姐在中午休息的時間，我拿此方先幫我做好的飯糰果腹。

「關於此方這個女生。」

遙華小姐朝我手上的飯糰瞥了一眼，低聲說道。

她自己則一邊吃著口糧棒一邊繼續工作。

「妳請說。」

「其實，一開始我曾經懷疑她是不是真的在囚禁老師。」

「哈、哈哈哈，妳說真的嗎？」

我發出乾笑聲。

「哎，雖然我認為可能性很低，但考量到最壞的局面來採取行動也是我分內的工作。說起來，老師的漫畫不是有滿多狂熱書迷嗎？所以我才覺得有那種狀況也不是不可能。」

遙華小姐望著電腦螢幕繼續說道。

「會嗎？我倒不覺得自己的作風有極端到容易吸引狂熱書迷。」

我歪頭表示不解。

要客觀看待自己的作品是件難事。

「老師的作品確實並不屬於極端作風，但感覺容易被內行人當成『應該獲得更高評價』的作品來推廣。當然，有書迷是令人感激，不過當中也有人會為了自我表現欲而利用漫畫家的作品。那種扭曲的人要是走火入魔，一旦讀到自己不滿意的劇情發展，還會由書迷轉變成抹黑者。要說的話，類似於由愛生恨……即使沒發展成那樣，有的漫畫家不就是因為被無條件肯定自己的古怪信徒們包圍，而變得像童話《國王的新衣》那樣受到蒙蔽嗎？」

遙華小姐用有所感觸的語氣嘀咕。

「說得對耶。我偶爾會在社群網站上看到發展成那樣的群組。」

「是的。之前我就擔心老師會變成像那樣……但是，此方不一樣呢。她真的是一名重視老師的高尚書迷。」

「沒錯，此方對於我的事情好像比我自己還懂。像昨天我打算撐著稍微不適的身體工作，就被她用相當強硬的方式制止了。」

我露出苦笑。

「是嗎？呵呵，有點令人不甘心呢。」

遙華小姐略顯落寞地笑了笑。

「因為落寞？」

「不是，是因為身為責任編輯，我原本以為自己是最了解老師的人，但還是比不過正牌粉絲的熱情呢。」

「遙華小姐，我倒認為這沒有輸贏之分……雖然狀況跟剛才提到的《國王的新衣》並不相同，但是身邊只有此方在的話，我會被寵溺過頭，所以要讓妳嚴加管理才能達到均衡。」

我由衷地這麼回答。

雖然照此方的期望一律只畫自己想畫的內容，還是算漫畫家，但那樣就不能當成職業。

順風過頭會讓我撲倒摔跤。

希望能適度地吹起逆風來幫我保持平衡。

「……這樣啊。那恭敬不如從命，我可以用辛辣的言詞來回饋意見嗎？」

「哈哈，麻煩妳手下留情。」

我點頭答應。

要把一度完成的原稿重看好幾遍並且修改細節，老實說並不是愉快的工作。

即使是自己的作品，重看幾遍就會膩，更希望可以趕快完稿了事。

然而，正是經過這種刻苦的磨練，我才能以職業人士自居。

同居第28天

「……原稿姑且完成了呢。」
「是的。辛苦你了，老師。」
下午一點多。
我跟遙華小姐都用難以言喻的語氣嘀咕。
「只剩結尾的那一句臺詞還有修改的餘地吧——」
「是啊。不過現階段也有達到連載水準，因此可以在後天的會議上提交，不過可以的話，希望老師能為結尾的女主角想出更貼切的臺詞。」
我們交抱雙臂，面對原稿咕噥。
讓女主角解開鏈條以後，主角重獲自由。
可是，主角已經連心靈都受到女主角支配，還主動央求她再繼續囚禁自己。
女主角嫣然一笑，照主角的期望再次幫他繫上鏈條，然後說：「你放心，有我陪著你。」

「雖然不壞，但就是顯得普通。看了像在原地踏步，或者說缺乏意外性。」

「是啊，希望她能說一句讓人印象深刻的臺詞。」

（女主角在結尾的臺詞，我幾乎是按照此方實際說過的原句填進去，可是漫畫的劇情跟我體驗過的狀況並不一樣啊——）

現實中的我在不曉得此方是跟蹤狂的情況下開玩笑，說出大意是要她幫我戴上項圈並繼續照顧我的發言。然而，漫畫的男主角已經知道女主角是在糾纏自己的跟蹤狂，卻還期望受到她的支配。

換句話說，情境跟我實際體驗過的狀況有異，因此直接套用臺詞就不太貼切。

「『你是屬於我的。』不，感覺不對。」

「『我們可以永遠在一起了呢……』這樣也嫌普通——」

認為這也不對、那也不對的我們持續討論著。

「我回來了。」

東改西改到一半，此方就回來了。

「妳回來啦——對了！此方，可以的話，能不能請妳也來讀我的漫畫，再告訴我們意見。現在只剩最後一句臺詞怎麼想都不夠貼切。」

我站起身，用手指向顯示著原稿的筆記型電腦。

這個女主角的情緒，此方應該最能夠理解，因此務必要聽聽她的意見。

「……不是講好要我不對正篇插嘴嗎？」

此方擔心似的說。

「我覺得妳的意見可以當參考。對吧，遙華小姐？」

「嗯。當然，最後的取捨是由我們來拿捏。」

遙華小姐對我問的這一句表示贊同。

「我知道了……」

此方洗過手漱完口以後，就抱腿坐到我的電腦前面，一頁一頁翻閱。

「讀完了。」

此方一次都沒有把目光從畫面轉開，過了約二十分鐘以後才低聲開口。

「怎麼樣？是妳的話，最後會讓女主角說什麼樣的臺詞？」

「『要換一副鏈條才可以。』」

此方立刻回答。

「咦？什麼意思？這副鏈條沒有壞啊。」

「何必問什麼意思……畢竟這部漫畫的季節接下來將會從秋天變成冬天吧。夏天也就罷了，在冬天用鐵鏈的話，碰到皮膚會冷，那樣不是很可憐嗎？所以說，要幫他換成其他材質，用木頭或塑膠製的鏈條才可以。」

此方流暢地說明。

「……她說得很有真實感呢。表現出對主角的執著，暗示囚禁生活往後仍會持續，還可以展現出女主角那股異常的愛，我覺得沒有比這更好的臺詞。」

遙華小姐低聲接話，並且點頭。

我聽過此方的說明後，也覺得除了這句臺詞，不作他想。

希望定稿時務必要用這句臺詞。

「是啊。我也覺得可以用這句臺詞讓讀者感到意外……不過，當中含意有點難理解，所以需要說明。但這是最後一幕的臺詞，我認為拖太長會顯得不俐落。」

對話框的尺寸有其極限。

總不能把此方提到的思路一一說明出來。

「那只要讓女主角一手拿著鐵鏈，另一手拿著別種鍊條，照樣可以表達出含意吧。在鏈條上寫明『冬天用』，應該就能把意涵傳達給讀者。畢竟這是漫畫，場景可以呈現得有喜感一點，就用圖畫示意吧。」

遙華小姐冷靜地回答。

「原來如此，不錯耶！——此方，謝謝妳。多虧有妳，原本欠缺的最後一塊拼圖才補上去了。」

我朝此方深深低頭致謝。

「這又沒什麼大不了的。你太誇張了吧。」

此方說是這麼說，眼睛卻與說的話相反，欣喜似的瞇了起來。

結果，原稿完成是在晚上十點。

我敢斷言琢磨到這種程度無論交去哪裡都不會讓我蒙羞，之後就託付給遙華小姐了。

當晚，我睡得無比安詳。

同居第29天

既然工作用的原稿忙完了，我只剩一件事要做。

「政治類、食物類、動物類，尤其是貓，這些都屬於在社群網站上可以迅速衝流量的話題。」

此方淡然陳述。

她似乎仍未放棄社群網站版的漫畫，還準備了比之前更厚的報告交給我。

據說課都補完了，因此她今天從早上就充滿拚勁。

另外，遙華小姐似乎為了在明天的會議上發表，專程於假日進公司準備。

實在令人折服。

「政、政治類就避免一下吧，我對那方面的知識沒怎麼涉獵。」

儘管我對網路上的討論風氣完全不熟悉，感覺就是會引起眾怒。我不希望把自己的帳號弄得烏煙瘴氣。

「我曉得。所以，我們用食物與貓當武器。」

「食物與貓嗎……這樣的話，是要畫女主角扮裝成貓咪在吃甜點的圖？」

「……那樣的插畫實在太氾濫，跟這次漫畫的世界觀也極度缺乏關聯吧？」

此方歪過頭。

「嗯，那倒是。不然要怎麼辦呢？」

「畫主角。」

「咦？」

「畫主角扮成貓咪，還趴在地上直接用寵物的飼料盆吃味噌湯泡飯。」

「那樣畫，會爆流量嗎？」

「可以期待。畢竟接下來是男生打扮得可愛也會被接受的時代。」

此方自信滿滿地說了。

（真的嗎？）

我不太有共鳴。

迎合男性的戀愛喜劇會有人想看男主角，而不是女主角嗎？

呃，不過，也有說法認為一篇好的戀愛喜劇同樣得讓男主角受喜愛。

「嗯，我試試看好了。」

我放鬆心情動筆。

插畫在中午前完成了。

我將圖片上傳到社群網站，還附上一句「吃好料」。

此方正好也煮完午餐了。

巧的是她端出了——比味噌湯泡飯再豪華一點的冷泡飯。

今天此方把心思都放在社群網站上的創作，飯菜才會從簡吧。

「怎麼樣？」

「嗯～～難說耶。不過，來幫我按讚的人似乎不同於平時的讀者層，感覺有點意思。」

我一邊將冷泡飯扒進嘴裡，一邊連點社群網站的刷新鍵。

從按讚的大頭照來看，是喜歡ＢＬ的人給了正面迴響。

不過考量整體的話，流量並沒有衝爆。

「是嗎……」

此方不甘似的咬唇。

「哎，多做嘗試吧。接著要怎麼做？」

「目前，從按讚者當中抽獎發錢的大叔很受歡迎。」

「出錢買讚實在不合我們的主旨，何況我也沒有富裕到可以發錢給人。」

「也對……如果是抽獎送你的簽名板──感覺好像還能接受。」

「呃，那樣算常見的宣傳方式，但我還是覺得有點取巧──」

……

……

後來，我跟此方直言不諱地互相討論，並且又換了兩次主題投稿，按讚數卻都沒有什麼起色，只獲得半斤八兩的成果。

「從時間來看，今天還可以挑戰一次。」

吃完晚餐後，我一邊喝著餐後茶一邊道出客觀的事實。

雖然心情上還想多挑戰幾次，時間卻有限。

「既然這樣，或許只能豁出去了。」

此方洗完餐具回來，就擺出毅然的臉色說道。

「妳說的豁出去，是要怎麼做？」

「……開放畫女主角的色圖。後來我做了許多研究，要在短時間內衝流量，好像還是這麼做最有可能成功。」

「的確，那應該是最實際的策略……不過，坦白講我不太有意願。」

我低下頭。

「為什麼？」

此方歪頭表示不解。

「我希望跟妳一起創作的漫畫能獲得肯定，可是，我不想為此賤賣女主角。我希望讀者疼愛女主角，卻不希望她被當成洩慾的對象。哎，雖然說這是我的私心啦——更何況，就算我知道自己這篇漫畫的女主角跟妳是不同的人，兩者到底是相像的，畫色圖衝流量就好像把妳當成只在性方面有魅力的女生，我不喜歡那樣。」

我壓低音量如此坦承。

雖然我自認是可以區別現實與空想的人，但這次的漫畫情況特殊，要我分割開來思考有困難。

「……既然你這麼說，沒辦法嘍。再想想其他方式。」

這麼說的此方明明全心想出的策略被否定，卻顯得有幾分欣喜。

同居第30天

上午十點。

遙華小姐到公司上班，此方也去學校了。

我想靠此方的點子來畫社群網站版的漫畫，卻怎麼也無法靜下心。

因為今天將會決定我的漫畫是否能登上紙本雜誌連載。

話雖如此，我聽說會議是從下午五點多開始。

明知道從早上就操心也沒有用，我還是會坐立不安。

打掃或出門散步都像在偷懶，所以我不敢，只好動手整理報稅會用到的收據，或者開電腦整理不必要的檔案，並且說服自己做這些也一樣是工作。

東忙西忙之間，此方回來了。

我又在繪圖平板與電腦前面就定位。

即使得硬著頭皮下筆，我還是想試著繪製社群網站版的漫畫，畫出來的卻盡是多餘的線條，無法順利構圖。

「……你沒辦法專心？」

此方嘀咕著問道。

「沒……對啦。抱歉，老實說，我都在掛念作品過不過得了會議那一關……」

一瞬間我曾想打馬虎眼，卻覺得那樣對此方也很失禮，就如此招認了。

「沒關係。那麼，我去買大餐的材料回來幫你慶祝。」

此方靜靜起身。

「明明不知道在會議上會不會過關，妳現在就要準備慶祝？」

「當然。過關的話當然要慶祝，即使沒過關，你還是完成了能讓自己滿意的作品，那一樣是喜事吧。」

此方用毫無迷惘的語氣這麼說道。

「……說得對。嗯，沒錯。」

我微微點了一次頭，接著又深深地點頭。

第一次完成自己的漫畫時，光是那樣就讓我滿心歡喜。

不知道從何時開始，變成了要畫出能登上商業誌連載的漫畫才能讓我高興。

（看來，我還有傲氣啊。）

不可思議的是，可以感覺到內心正逐漸平靜。

「——此方，我決定社群網站版的漫畫還是要趁現在繼續畫。」

我下定決心說道。

「可以嗎？」

「嗯。因為我想畫。」

話說完，我就關掉了手機的電源。

要是開著，我會忍不住在意遙華小姐有沒有傳來聯絡。

就保持這樣直到會議開始的時刻吧。

我只顧埋首作畫。

……

……

……

喀嚓。

噠噠噠噠噠噠噠噠噠噠噠噠噠噠噠噠。

磅！

「老師！你怎麼關機了！我撥了好幾次電話給你！」

「咦？啊，對不起！原來已經這個時間啦。我原本想在會議結束的時候重新開機，一不小心就忘了。」

我連忙拿起手機。

全黑的螢幕上映著我糊塗的臉。

打開電源，已經七點多了。

「啊，原來是這樣嗎——應該說，那些都無關緊要了！紙本雜誌連載！敲定了喔！恭喜你！老師！」

我被遙華小姐摟住。

柔軟的觸感包裹住我的全身。

汗水與香水交雜，職業女性的氣味。

「謝、謝謝……」

我感覺到眼角自然而然地熱起來。

走到這一步的過程實在漫長。

「真虧老師能努力到現在！老實說，我曾擔心老師會不會被壓力擊垮。不過，老師撐過來了！漫畫家嘗過跌落谷底的滋味之後，都會很厲害喔。了不起！真了不起！跟遠山金四郎一樣了不起！」

遙華小姐用興奮的嗓音連珠炮般說個不停。

居然說我跟時代劇的主角一樣了不起。在她的觀念中，這應該是能送上的最頂級讚美吧。

「都是多虧遙華小姐沒有捨棄我，往後還請繼續關照了。」

我想回以擁抱，卻不知道該摸什麼地方，只好用手指輕觸她的肩膀。

「……恭喜。不過，你們分開。」

我感受到領口有股強勁的力道，身體便跟著後退。

「失、失禮了。是我失態，我剛才的舉動有違常識也有違規範。」

遙華小姐退後一步，並且整理套裝前襟。

她的眼睛也跟我一樣是濕的。

「所以呢？要慶祝嗎？要的話，我現在就去買煮大餐的材料。」

此方朝玄關瞥了一眼說道。

「……不，沒時間了，我要來畫社群網站版。」

我毫不遲疑地這麼告訴她。

「這樣好嗎？」

此方歪過頭。

「嗯。要慶祝隨時都可以，但是挑戰社群網站一萬點讚數的期限只到明天。」

我帶著笑容回答。

連載敲定，創作動力也處於最佳狀態。

我不想錯失這樣的好運道。

「那麼，我們叫外賣壽司來當晚餐吧。我請客。」

遙華小姐拿出手機說道。

「咦咦！不不不，那樣實在不好意思啦！」

我頻頻搖頭告訴她。

「我現在的心情就是想要請客。我不會干擾你們工作的，陪我吃這頓飯吧──好，我已經訂好餐了。」

連在這種時候，遙華小姐也一樣手腳迅速。

不久，我們就動筷享用送達的頂級壽司，而我與此方仍一邊在進行作業。
遙華小姐則是一邊淺嘗啤酒，一邊用溫馨的眼神守候著我們。

同居第31天

「此方，以時間來看這會是最後一篇漫畫。我要投稿嘍。」

晚上十一點前。

我把食指擱在滑鼠的左鍵上說道。

跟此方做過種種討論以後，結果我畫出了一篇將登場人物擬獸化而非擬人化，感覺超現實又莫名其妙的漫畫。

聽說吉伊〇哇正紅，我們便打算仿效，然而我自己也明白畫成這樣無論怎麼想都已經迷失方向了。但既然這是百般掙扎出來的結果，我便不後悔。

「好的……」

此方祈禱似的交握雙手。

「好——呃，遙華小姐，我想今天算是同居的期限，請問妳有什麼打算？」

我點下左鍵，確認圖檔上傳完以後才關上電腦。

「……我必須趕末班電車，所以非得在十二點十五分告辭。因此，我姑且會待到日期改變為止。」

換句話說，這場用漫畫點讚數定成敗的較量，遙華小姐應該會跟此方奉陪到最後。

老實講，從現狀已經看得出結果，然而遙華小姐真的是一絲不苟。

莫名的沉默從我們三個人之間流過。

不知道這該怎麼形容，像是在等彩券開獎，或者報考了自己高攀不上的學校卻還要等待放榜，彷彿交雜了認命感與焦慮的奇妙心境。

遙華小姐淡然收拾著行李。

此方確認了明天上學要帶的東西，還動手打掃廚房周圍的小角落。

我則是洗過澡刷完牙，開始準備就寢。

對夜貓型漫畫家而言，這個時段算是剛入夜，但我現在會留意保持正常人的生活作息，因此過晚上十二點沒睡就算是稍微熬夜了。

「……老師，現在已經過十二點了。」

遙華小姐朝手錶瞥了一眼並嘀咕。

「啊，已經這麼晚了嗎？」

我一邊用吹風機吹乾頭髮，一邊用左手拿起手機。

不抱期待地開啟社群網站。

呃，點讚數有——

（不會吧？）

我再看了一遍映在自己眼裡的數字，為保險起見還重新數過。

果然，並沒有看錯。

「——超過了。」

我關掉吹風機，如此嘀咕。

「咦？」

此方停下削鉛筆的手，抬起臉。

「超過一萬讚了！」

「真的假的！」

此方折斷了鉛筆前端的筆芯，並且摸向自己的手機。

「看來好像是折尾老師幫忙轉推我發表的作品，使得流量突然就衝上去了。」

「…………………真的耶。」

此方訝異得睜大眼睛。

（話說，這是什麼情形？我有畫這樣的作品嗎？）

每當我仔細看過折尾老師轉推的內容，便逐漸加深疑心。

『欸，這怎麼沒有造成話題啊？難道在我小忙一陣子的時候，所謂漫畫的概念已經從世界上消失了嗎？』

『唉。看來最近有太多讀者都被內容跟離乳食品一樣軟爛的漫畫慣壞了，我來幫忙說明。第一則漫畫是畫成假電影預告的風格對吧？但是，當中講述的都是神祕學性質的內容，現實裡的電影不可能拍出這樣的預告。這是在暗示主角懷有非分又極端膨脹的自我認同欲求呢。』

『——然後，是這張男主角在吃味噌湯泡飯的圖。明明是戀愛喜劇，拿鏈條的女主角卻被刻意省略了，這是為什麼？原因在於，這條鎖鏈要表達的並不是物理性質的囚禁狀態，它象徵著束縛主角的精神性制約。』

『……接著，是最後投稿的這則漫畫。男女主角已經連人類都不是了。將角色畫成可愛的動物，性別差異便會被忽略。換句話說，兩人之間的界線就此消滅，向讀者揭露女主角不過是男主角妄想出來的產物，可謂極其殘酷的現實。但是，主角卻對此視而不見，還繼續畫市場上並無需求的漫畫。』

『——換句話說，這是作品賣不好導致精神逐漸崩潰的漫畫家所創作的私小說，兼具仿紀錄片之效。在以前的年代，這大概會連載於GARO一類的漫畫雜誌，現在居然能免費讀到，可真是美好的時代呢。』

折尾老師伴隨著艱澀的研究，對我的漫畫給予讚賞。

這應該——不是我當助手所獲得的回禮吧。

照折尾老師的脾氣，她在漫畫這方面應該不可能去奉承別人。

「呃，老師，你真的有刻意要造成折尾老師所寫的這些效應嗎？」

遙華小姐一邊滑手機一邊朝我問道。

「不，完全沒有。單純是折尾老師剛好從中讀到了她自行解釋的深意，純屬巧合而已。」

我搖頭回答。

折尾老師的漫畫力太高，幾則漫畫看下來就擅自做出了超乎作者預料的解讀。

「……欸，像這樣，要怎麼判定呢？算我們贏嗎？」

此方困惑似的問我。

「嗯～～像這樣爆流量的話，很難稱作我的實力，而且從目前才勉強達標的按讚數來看，有沒有在十二點前滿一萬讚也不好說……」

我也為難地搔了搔頭。

按讚數大半是來自折尾老師的網軍——這倒不至於，但無疑有受到她的影響。

而且，在十二點七分的此刻，按讚數為10013。實在難以判斷。

「——這個嘛，我想向兩位提議，就當成平手如何呢？」

「……平手？」

此方用試探似的目光看向遙華小姐。

「是的。坦白說，這次因為我本身的過失，老師能創作的時間很難說是充裕，既然老師本人也感到如此不踏實且無法認同，我認為是分不出勝負的，因此要當成比賽無效才對。」

遙華小姐冷靜地答道。

「那麼，關於要讓他更加自由地畫漫畫這件事該怎麼辦？」

「所以，此方，我身為責任編輯會毫不客氣地對老師的作品置喙，而妳也可以用書迷的身分自由表示意見。我們就這樣達成協議好嗎？畢竟老師得到我們的意見以後，要怎麼反映於作品上，本來就是隨他定奪。」

「……我明白了。既然妳這麼說，當成平手沒有關係。」

此方稍作停頓後表示同意。

「呃，遙華小姐，那我可以解讀成妳願意認同此方嘍？」

我抱著確認的用意問道。

「是的。至少，我認為此方顯然對老師的創作有助益。兩位關係健全，也看不出有任何悖德之處。」

遙華小姐用退一步秉公辦理的調調回答我。

「正是如此！」

我鬆了一口氣接話。

「不過，要說到同居——兩位到底是男與女，就算老師為人理性，何時會發生狀況也說不準，因此我個人不太建議照這樣下去。」

遙華小姐交互看了我與此方，並且叮嚀似的補充。

「就、就是啊，關於同居這件事，我也會試著跟此方好好溝通。」

我點頭如搗蒜。

照這樣一拖再拖地繼續跟ＪＫ同居，我何嘗會覺得是件好事。

無論用什麼形式，我都認為非得做出了斷。

「是嗎？那麼，容我就此告辭。」

遙華小姐站起身，把我這間屋子的備用鑰匙擱到桌上，然後旋踵。

接著，她拉了行李箱，開始朝玄關走去。

「等等。」

此方站起身，叫住遙華小姐。

「什麼事？」

她背對我們停下了腳步。

「……一開始，我認為編輯小姐是會妨礙到老師畫漫畫的人。不過，試著一起度過一個月以後，我知道並不是那樣了。老師的漫畫需要編輯小姐。雖然我個人並不滿意，但我認同這一點。當然，我說的是純以編輯而言。」

此方朝遙華小姐湊近兩步以後才細聲說道。

「幸好妳能諒解。」

遙華小姐這麼說完就走到玄關門口，穿上鞋，並且將門推開。

接著，在關門的那一瞬間，她再次轉向我們這邊。

「——不過，編輯跟漫畫家結婚，在業界也還算常見就是了。」

音量不大卻格外清亮。

她只留下若有深意的笑容，門隨即緩緩關上。

「……」

此方像冰雕一樣，一動也不動地僵住了。

「呃，此方？先跟妳說清楚，遙華小姐最後那句話是在開玩笑喔。」

「鹽巴。」

「咦？」

「拿鹽巴過來！整袋！」

此方穿著襪子就趕到玄關門口，並且鎖上門，掛上鏈條。

「喔、好。」

我輸給此方的魄力，從廚房底下的置物空間拿出了袋裝鹽巴。

「……」

此方接下以後，就像踏上擂臺的相撲選手一樣，默默地抓起鹽巴朝著玄關門口灑了起來。

悶熱的夏夜。

我望著混凝土地板像大雪過後那樣逐漸染白，對她那股灑鹽去晦氣的執著感到背脊發冷。

後記

各位好，平日備受關照，我是穗積潛。

誠摯感謝您這次閱讀《被陌生女高中生囚禁的漫畫家》第2集。

第2集不僅有此方與主角，還有美女責任編輯以及天才漫畫家登場，感覺情節發展變得熱鬧許多，不知各位認為如何。由於有跟此方約會與談及創作論的劇情，我個人自負在雙重意義上都有炒熱內容。

那麼，說來匆促，所謂的書本若沒有各界人士鼎力相助便無法付梓出版，因此請容我轉而發表對相關人員的謝詞。

首先，我要鄭重感謝身為原案者，還延續第一集為本作繪製插畫的きただりょうま老師。此方自然不用說，新角色也相當有魅力，圖稿之精美讓我由衷地重新對自己能參與這部作品感到慶幸，請容我再次致謝。

接著，我要感謝責任編輯べーさん。べーさん依舊惠賜了準確而明瞭的指教給

我。不用說，本作正是借重其意見才得以著述成冊，往後還請繼續引導未成氣候的我。

還有，對於經手本作的所有人士以及陪伴本作到第2集，此時此刻正拿著這本書的您，我更要深深地致上謝意。

那麼，期盼他日還能與各位相見，我先就此告辭了。

穗積 潛

後記

「好久不見，我是きただ。感謝您這次閱讀本作。從第1集上市相隔數月就能推出第2集，都是托作者穗積老師、責任編輯及其他參與印刷的相關人士之福，更是多虧先前購買第1集，能故事得以繼續寫下去的各位書迷。

第1集劇情是根據我自身的構想寫成，然而從這集開始，能請穗積老師寫到我自己從未構想過的故事，實在令人非常滿足。沒想到從自己簡單的故事大綱，竟然可以看到角色們像這樣栩栩如生地動起來。身為一名讀者，我希望這篇故事能多持續一陣子。

那麼，說來倉促，《被陌生女高中生囚禁的漫畫家》的小說、漫畫，乃至於此方，往後也請各位多多關照了。」

原本陰沉的我要向青春復仇 1 待續

Kadokawa Fantastic Novels

作者：慶野由志　插畫：たん旦

只要跟妳一起……
我就能對第二次的青春進行復仇!!

身處黑心企業而身心崩壞的新濱心一郎醒過來時，已經回到了高二。超越時空後再次相遇憧憬的美少女——紫条院春華，新濱發現她比回憶中更加天真爛漫且可愛。如果未來可以改變，絕對要拯救受到嚴重霸凌而自己結束生命的她——！

NT$260/HK$87

三角的距離無限趨近零 1~8（完）

Kadokawa Fantastic Novels

作者：岬鷺宮　插畫：Hiten

我愛上的那個女孩體內住著兩個靈魂──
與雙重人格少女譜出的三角戀愛故事。

雙重人格即將結束，意味著「秋玻」與「春珂」其中一方會消失。我和快要喪失界限的兩人一起踏上旅程，前去找尋讓她變成這樣的原因。在旅程的終點，我們得知雙重人格的真相是──還有，我們找到的「答案」究竟是──三角關係戀愛故事堂堂完結。

各 **NT$200~220/HK$67~73**

我當備胎女友也沒關係。 1 待續

Kadokawa Fantastic Novels

作者：西 条陽　插畫：Re岳

儘管懷裡抱著妳，心裡想的人卻是她……
100%不健全、不純潔又危險的戀愛泥沼

我跟早坂同學都有最喜歡的人，卻都選擇了第二順位的對象交往。即使如此，一旦能跟最喜歡的人兩情相悅，這份關係也會宣告結束。明明是這麼約好的——當我們都接近最喜歡的人時，彼此卻愈陷愈深無法自拔，變得怎麼也離不開對方……

NT$270/HK$90

國家圖書館出版品預行編目資料

被陌生女高中生囚禁的漫畫家/きただりょうま原案；穗積潜作；鄭人彥譯. -- 初版. -- 臺北市：臺灣角川股份有限公司, 2023.03-
冊；　公分

譯自：見知らぬ女子高生に監禁された漫画家の話
ISBN 978-626-352-360-9(第2冊：平裝)

861.57　　112000509

Kadokawa Fantastic Novels

被陌生女高中生囚禁的漫畫家 2

（原著名：見知らぬ女子高生に監禁された漫画家の話 2）

2023年3月9日 初版第1刷發行

作者：穂積潜
原案／插畫：きただりょうま
譯者：鄭人彥
發行人：岩崎剛人
總編輯：蔡佩芬
編輯：孫千棻
美術設計：吳佳昫
印務：李明修（主任）、張加恩（主任）、張凱棋
發行所：台灣角川股份有限公司
地址：104台北市中山區松江路223號3樓
電話：（02）2515-3000
傳真：（02）2515-0033
網址：www.kadokawa.com.tw
劃撥帳戶：台灣角川股份有限公司
劃撥帳號：19487412
法律顧問：有澤法律事務所
製版：尚騰印刷事業有限公司
ISBN：978-626-352-360-9